UNE FAMILLE DE SAIGON

La collection *Carnet de voyage*
est dirigée par Pascal Dibie

Dans la même collection :

Martine Mounier, *Au cœur d'un couple franco-algérien*
Daniel Pelligra, *Errances bédouines*
Maja Raphaël, *Une saison à Pékin*

ISBN : 2-87678-469-6

Florence Nguyen-Rouault

Une famille de Saigon

éditions de l'aube

Par souci de discrétion, les prénoms, adresses et dates ont été modifiés.

À la mémoire de Pierre Rouault, mon père,
À Lucienne Rouault, ma mère.

Arbre généalogique de Pham Van Ky Lam

Rencontre avec le Vietnam

Lorsque je débarquai pour la première fois à Saigon en 1993, c'est tout un pays, un peuple et une culture que je m'apprêtais à découvrir. Mon premier voyage au Vietnam fut l'occasion de rencontres exceptionnelles et marqua le début d'un attachement profond pour ce pays. Je suis ensuite retournée plusieurs fois au sud du Vietnam. Saigon m'est devenue presque aussi familière que Paris et des amis chers m'y attendent à chacun de mes retours. Le Vietnam fait aujourd'hui partie intégrante de ma vie. Pays natal de mon mari, il est devenu un peu le mien.

Ce récit est celui de Ky Lam, Phuoc Sang, Nam Giao et les autres qui m'ont ouvert leur cœur et leur foyer, qui m'ont autorisée à partager leur vie, leur intimité. Il est celui d'un quotidien vécu, restitué ici sans fard ni tabou, avec cette famille saigonnaise, catholique et originaire du centre du Vietnam. Leurs comportements, gestes et réactions les plus quotidiens, leurs rites et traditions, leurs croyances furent pour moi des clés pour comprendre leur famille, pour mieux connaître aussi le Vietnam. Au-delà de leurs convictions et engagements, c'est toute la culture vietnamienne, ses croyances et ses tabous, ses pratiques et ses interdits, qu'ils m'ont permis d'entrevoir et de comprendre.

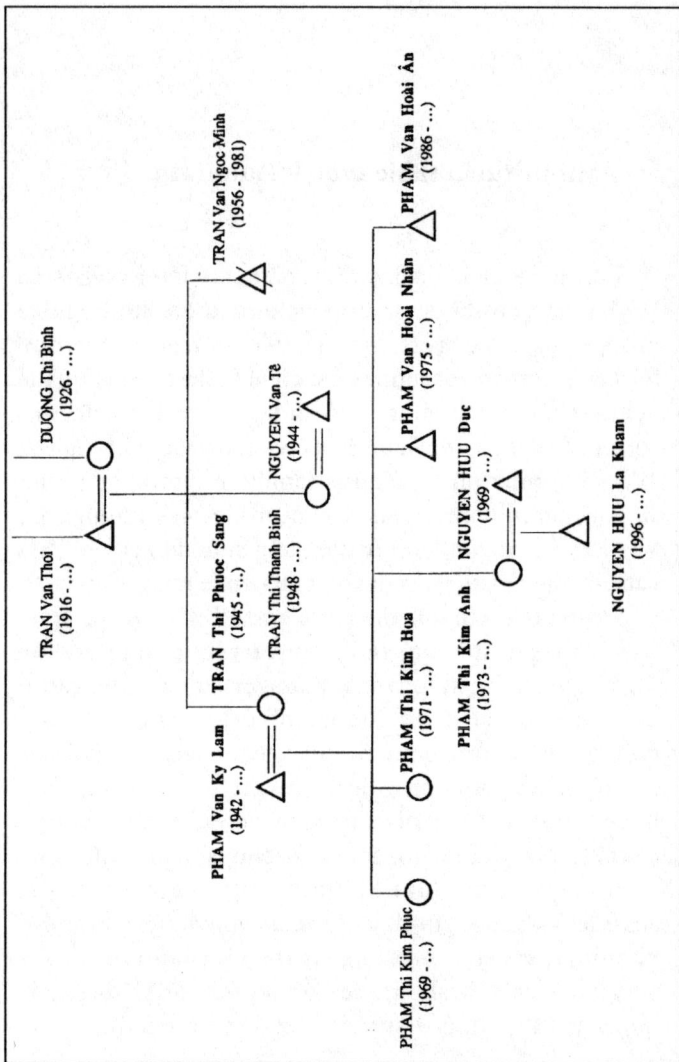

Arbre généalogique de Tran Thi Phuoc Sang

Autour de la table de Ky Lam (mai 1995)

L'ambiance de Tân Son Nhât est toujours très impressionnante. Agglutinées contre les grilles, des familles entières viennent accueillir, à l'aéroport international de Saigon, leurs frères, cousins ou amis vivant à l'étranger et revenant pour un temps au Vietnam ; les retrouvailles se font dans les cris, la joie et les pleurs. Dans ce pays où les épanchements de tendresse et d'émotions doivent toujours être retenus et discrets, curieusement l'aéroport de Tân Son Nhât, lieu de toutes les retrouvailles et séparations, est le témoin de permanentes embrassades que l'on ne saurait imaginer dans des rues de Saigon. C'est dans ce brouhaha et en évitant les harcèlements des chauffeurs de taxis que je parviens à me faufiler ; j'aperçois au bout de l'allée la famille Pham qui me fait signe. Ky Lam me prend la main avec beaucoup de chaleur, sa femme me sert dans ses bras, leur fils Hoài Nhân âgé de vingt ans, cheveux gominés et tiré à quatre épingles, me salue fièrement, et le petit Hoài An, de dix ans son cadet, me sourit timidement, accroché au bras de son père. Très vite, nous enfourchons les hondas [1] de la famille, nous nous

---

1. Le mot « Honda » s'est généralisé et est aujourd'hui utilisé par les Vietnamiens pour désigner tout deux-roues motorisé.

partageons les sacs et nous voilà lancés dans la folie sai-gonnaise. Les mobylettes pétaradent et descendent à toute allure l'avenue Cách Mang Tháng Tám ; je me retrouve immédiatement immergée dans l'ambiance vietnamienne. Il est 19 heures, il fait déjà nuit noire mais les lumières de la ville illuminent les maisons, la circulation est intense, les magasins de hi-fi vidéo diffu-sent de la musique à tue-tête. Beaucoup commencent leur dîner sur le trottoir, avalant un *pho*, soupe vietna-mienne, ou bien grignotent un sandwich ou un *bánh bao*, brioche garnie de viande et cuite à la vapeur. Les images défilent à une allure incroyable.

Une vingtaine de minutes après, les moteurs s'arrê-tent devant le 148/15/3C Lê Van Sy. La maison se trouve au milieu d'une petite ruelle, très animée dans la journée mais beaucoup plus calme à cette heure un peu tardive. La ville de Saigon compte ainsi, entre ses larges et bruyantes avenues, de nombreuses ruelles, souvent organisées en véritables labyrinthes où déni-vellements et recoupements sont tels qu'il est souvent difficile, pour un étranger au quartier, de s'y repérer.

J'avais passé ma première journée à parcourir Saigon à bicyclette. À chacun de mes retours, depuis mon premier voyage au Vietnam, j'aime ainsi retrou-ver mes repères dans cette ville en perpétuelle muta-tion, m'imprégnant à nouveau de l'atmosphère de ce pays que j'ai appris à aimer autant que le mien. Dévalant les grandes avenues, me perdant dans des quartiers inconnus, errant au fil des allées vives et colorées des marchés, je me replongeais une nouvelle fois, non sans un certain délice, dans ce tourbillon chaotique qu'est Saigon. Avec ses odeurs et ses saveurs multiples, ses mélodies assourdissantes des marchands ambulants et des cyclo-pousses hélant les clients, Saigon évolue dans une frénésie générale.

Les premières gouttes de pluie commencèrent à tomber en fin d'après-midi. Je me hâtai d'acheter un imperméable à 5 000 dôngs (2,50 francs) aux abords du marché Bên-Thành, sorte de grande cape en plastique se déchirant au premier accroc. Au bout d'une quinzaine de minutes, j'arrivai rue Lê Van Sy, trempée jusqu'aux os. Hai accourut, affolée de me voir ainsi arrangée, m'essuyant le visage et me poussant littéralement jusqu'à la douche. Lorsque je réapparus, plus présentable, la maison embaumait de fumets appétissants, Phuoc Sang et Hai s'affairaient dans la cuisine. Ky Lam était assis dans le canapé en train de siroter un café glacé et de parcourir quelques magazines français que je venais de lui apporter, Hoài Nhân et Hoài An étaient absorbés par un feuilleton brésilien diffusé chaque soir à la télévision. Nam Giao était allongé sur sa natte près de la fenêtre, l'arrivée de la mousson lui causait de vives douleurs à son moignon ; comme beaucoup de mutilés, la jambe qu'il avait perdue en 1972 en marchant sur une mine le faisait encore souffrir.

Par les barreaux de la fenêtre, je regardais les trombes d'eau s'abattre avec force sur le sol de la véranda. La ruelle était totalement déserte. Les odeurs de la mousson, mélange de végétation et de poussière mouillées, donnaient une sensation d'enivrement et semblaient encore plus âcres et fortes après cette journée chaude et moite. Tout à coup, un bruit de mobylette rompit la monotonie de la ruelle,

trois personnes serrées l'une derrière l'autre émergè-
rent de leurs imperméables colorés. Kim Anh et son
mari Duc nous faisaient la surprise d'amener Kim
Hoa, qui avait eu l'autorisation exceptionnelle de
quitter le couvent le temps d'un dîner.

Après la joie des retrouvailles, on passa vite à table.
Hai avait déjà dressé le couvert : elle avait disposé
autant de bols et de paires de baguettes qu'il y avait
de convives. Plusieurs plats étaient répartis sur la
table, contenant de la viande de porc coupée en fines
lamelles, du poisson au caramel, des liserons d'eau.
Les deux sœurs aidèrent Hai à remplir chaque bol de
riz blanc cuit dans une grande marmite. Comme le
dénote la façon même de dire « prendre son repas »,
an com, qui signifie littéralement « manger du riz », le
riz est ici l'élément principal du repas.

Ky Lam commença par faire son signe de croix et
remercia Dieu pour ce repas partagé avec sa famille et
leur amie venue de France. Chacun se signa. C'est le
père de famille qui ouvrit le dîner en s'emparant de
ses baguettes. La tablée se transforma alors vite en
une véritable ruche. Questions, anecdotes et plaisan-
teries fusaient de toutes parts. Tout en discutant, nous
nous servions, à l'aide de nos baguettes, de viande ou
légumes et en recouvrions le riz. Hai se précipitait dès
qu'elle voyait un bol de riz vide. Entre deux bouchées, chacun posait ses baguettes à cheval sur son
bol, sachant qu'on ne doit jamais les planter verticale-
ment dans le riz au risque de rappeler des bâtons
d'encens brûlant à la mémoire des morts.

À ma gauche, trône le chef de famille Pham Van Ky
Lam, originaire de la province de Quang Ngai et ancien

officier de l'armée du Sud. Issu d'une famille pieuse catholique, Ky Lam fit ses études à l'école française de Pellerin à Huê tenue par les jésuites, puis suivit des études de droit à l'université de Huê. Il s'engagea très vite dans la lutte contre les communistes du Nord, en tant que lieutenant-colonel dans le corps parachutiste [2], jusqu'à la chute de Saigon le 30 avril 1975 [3]. Les ancêtres de Ky Lam furent mandarins à la Cour de Huê. Tous les descendants fondent la fierté de la famille sur cette lignée mandarinale.

Calme et réservé, d'apparence autoritaire, Ky Lam me parle de Saigon, de ses nouvelles transformations depuis mon dernier voyage. Imperturbable, il s'exprime sur un ton égal, ne laissant transparaître aucune émotion, quel que soit le sujet de la discussion. Sa femme, Phuoc Sang, de quelques années sa cadette, anime le repas de ses récits de la journée. Elle tient une pharmacie sur la rue Lê Van Sy. Originaire de Châu Dôc dans le delta du Mékong, Trân Thi Phuoc Sang étudiait à l'université de pharmacie de Saigon et comptait parmi ses amies Nguyêt Biên, la jeune sœur de Ky Lam. Phuoc Sang et Ky Lam se marièrent en 1968, peu de temps après s'être rencontrés et, dès l'année suivante, vint au monde

---

2. Traditionnellement, les membres d'une famille noble allaient toujours dans les corps d'élite de l'armée : le parachutisme, la marine, les rangers, l'artillerie ou les blindés.
3. Saigon, la capitale de la république du Vietnam (Sud-Vietnam), a été occupée par les communistes du Nord-Vietnam le 30 avril 1975. Le Sud-Vietnam et le Nord-Vietnam ont été réunis en 1976 en un État communiste et unifié, la république socialiste du Vietnam.

leur premier enfant, une petite fille, Kim Phúc, qui vit aujourd'hui aux États-Unis. Durant les années de guerre, Ky Lam était le plus souvent absent, il ne rentrait en permission qu'environ tous les deux ans ; comme dans beaucoup de familles en tant de guerre, un enfant naissait souvent neuf mois après la visite du mari. Naquirent ainsi deux autres filles en 1971 et 1973, Kim Hoa et Kim Anh ; vint enfin le fils aîné tant attendu en 1975, Hoài Nhân. Phuoc Sang s'occupa seule de ses enfants pendant les années de combat puis se retrouva rapidement à nouveau seule lorsqu'en 1975, Ky Lam fut interné en camp de rééducation. Ky Lam retrouva sa place dans la maison lors de son retour en 1985, il donna alors à sa femme un nouveau fils, Hoài An, en 1986. Chacun des cinq prénoms sont les noms de petits villages de la province de Quang Ngai, choix qui montre le réel attachement de Ky Lam à sa terre natale ; il est fréquent que des Vietnamiens du Centre, expatriés dans le Sud, prénomment ainsi leurs enfants de noms de villages, fleuves ou forêts de leur région natale, cela témoigne d'un grand respect pour la terre des ancêtres.

À ma droite, est assise la douce Kim Hoa. Elle occupe une place particulière dans mon cœur puisque c'est d'abord avec elle que je me suis liée d'amitié, avant de connaître le reste de la famille. Religieuse de l'ordre de Saint-Vincent-de-Paul, elle travaille chaque jour dans une école pour enfants des rues dans le quartier de la gare ferroviaire. Il est très honorable pour une famille catholique, de surcroît si elle est d'origine aristocratique, que l'un des enfants devienne religieux. La vocation de Kim Hoa, devenue sœur

Marie-Raphaëlle, est donc une source réelle de satisfaction et de fierté pour Ky Lam et Phuoc Sang.

Tout le dîner est ponctué des rires de Kim Anh qui essaie vainement de me raconter quelque chose en anglais. Quoique la cadette des trois filles, elle a beaucoup de caractère ; volontaire, elle organise sa vie comme elle l'entend. Alors que Kim Hoa confirmait ses vœux, sa jeune sœur Kim Anh, travaillant comme secrétaire dans une entreprise coréenne exportant des produits manufacturés, épousa, en 1994, Duc, un jeune homme issu d'une famille de classe moyenne. Ky Lam s'était au départ montré très réticent au mariage ; fils de chauffeur de bus, Duc n'a pas suivi d'études supérieures. Comme nombre de Saigonnais aujourd'hui, il parvient toutefois à gagner beaucoup d'argent en faisant du commerce. Il tient une boutique de vidéo. Kim Hoa m'explique qu'elle est très fière de son mari et des revenus qu'ils parviennent à gagner avec le commerce. Nous ne nous étions pas revues depuis son mariage, elle a donc entrepris de me raconter l'événement mais finalement préfère s'en remettre à sa sœur.

Dans un français timide, Kim Hoa m'explique qu'une fois l'accord de Ky Lam et Phuoc Sang obtenu, les parents de Duc, M. et Mme Nguyên Huu Thanh, originaires de Huê et habitant à Thu Duc [4], demandèrent à un entremetteur de préparer les formalités puis vinrent à Saigon et apportèrent à Ky Lam et Phuoc Sang, selon la tradition, des noix d'arec et du bétel. Le mariage fut célébré six mois après les

_____

4. District de Ho Chi Minh Ville situé à une quinzaine de kilomètres du centre de Saigon.

fiançailles. Pendant cet intervalle, Duc rendit régulièrement visite à ses futurs beaux-parents et il les gâtait de fruits et autres cadeaux. La veille du mariage, chacune des deux familles organisa de son côté un banquet, dit banquet de noce. Puis le lendemain, la mère de Duc arriva seule au domicile de la future mariée et remit à Phuoc Sang des chiques de bétel afin de demander officiellement la main de sa belle-fille. Enfin, à l'heure dite, un cortège vint chercher la jeune femme qui traditionnellement se rendait à pied à la pagode ou à l'église. Mais l'agitation de Saigon ne permet plus cela, tous se rendirent donc en automobiles, louées pour l'occasion, à la chapelle. Un véritable festin fut ensuite servi aux invités. Auparavant, les parents de Duc, de confession bouddhiste, exigèrent que les jeunes mariés pratiquent le culte des ancêtres. Kim Anh sourit en écoutant sa sœur et me promet de me montrer des photos après le dîner.

Ne semblant pas très préoccupé par la conversation et visiblement affamé malgré ses douleurs, Nam Giao approche les grains de riz de sa bouche à une vitesse étonnante. La difficulté de manger avec des baguettes éprouvée par certains étrangers n'existe pas car les Vietnamiens ne soulèvent pas les baguettes depuis le bol comme on pourrait le faire avec une fourchette mais approchent le bol près des lèvres et poussent la nourriture dans la bouche. Phuoc Sang fit remarquer à son beau-frère qu'à ce rythme, il allait s'étouffer. D'un an le cadet de Ky Lam, Nam Giao, handicapé depuis plus de vingt ans, vit chez son frère et sa belle-sœur. D'apparence bourrue, il est l'un des hommes les plus sensibles et généreux que j'ai pu rencontrer à Saigon.

Hoài Nhân est beaucoup moins volubile que Kim Anh autour de la table familiale, répondant le plus souvent par formules elliptiques. Fils aîné, il occupe une place particulière ; il est essentiel pour une famille vietnamienne d'avoir un fils car c'est lui qui deviendra plus tard le chef de famille et surtout c'est lui qui héritera du culte des ancêtres. Hoài Nhân suit des cours d'économie à l'université de Saigon.

Enfin, le petit dernier, enfant gâté de la famille, Hoài An, passe l'essentiel du dîner le nez dans son bol de riz, espérant sans doute que le contenu en disparaisse miraculeusement. La pauvre Hai tente désespérément de lui enfourner quelques bouchées.

Hai semble être le personnage essentiel du repas ; elle s'affaire et veille à ce que chacun d'entre nous n'ait besoin de rien. Assise entre Hoài An et Kim Anh, elle surveille plus les bols des autres que le sien et finalement ne picore que quelques bouchées. Installée depuis plusieurs années dans la maison, Hai est devenu un membre de la famille et est considérée comme tel par tous. En 1980, alors que Kim Phúc venait d'arriver aux États-Unis, Phuoc Sang décida d'adopter une petite fille âgée de douze ans originaire d'une famille très pauvre de Bên Tre dans le delta du Mékong ; il ne s'agit pas d'une adoption comme on l'entend ici en Occident mais plutôt d'accueillir une petite fille dans la famille, de lui donner une bonne éducation. En échange, celle-ci doit faire quelques travaux domestiques et s'occuper des plus jeunes enfants. Prénommée Hoa, on la surnomma alors Con Hai, Con signifie enfant et Hai numéro deux car elle remplace l'aînée. Il est en effet fréquent que l'on surnomme les enfants d'une famille par leur numéro d'arrivée, l'aîné ne sera pas le numéro un mais deux car traditionnellement, la première place devait toujours être réservée au dauphin, prétendant au trône royal [5]. Ce surnom Hai a perduré avec les années et c'est seulement par ce terme que l'on s'adresse aujourd'hui à elle. Les enfants l'appellent Chi Hai (littéralement grande sœur numéro deux). Beaucoup de familles vietnamiennes, même très modestes, recueillent ainsi des jeunes filles venant des zones économiques nouvelles, qui sont en fait des campagnes très pauvres, pour en faire leur bonne et qu'elles traitent le plus souvent comme un membre de la famille.

Ces dîners en famille restent parmi mes plus beaux souvenirs. Par leur simplicité et leur tendresse, ils constituent de véritables moments de bonheur.

---

5. Selon la tradition, le prince Canh, fils du roi Gia Long, portait le surnom Ca, ce qui signifie « aîné » ou « numéro un ». Par respect, les Vietnamiens surnomment donc leur enfant aîné Hai, numéro deux.

Au 148/15/3C Lê Van Sy

Divisée en douze districts urbains (*quân*) et six districts ruraux (*huyên*), Ho Chi Minh Ville est l'agglomération la plus importante du Sud du Vietnam, comptant près de six millions d'habitants et s'étendant sur plus de 1 800 kilomètres carrés. On aime abandonner le nom d'Ho Chi Minh Ville et parler seulement de Saigon, tant les Vietnamiens que les étrangers de passage. L'ancienne Saigon correspond à l'actuel district 1 et Cholon au district 5 ; c'est au cœur de ces deux arrondissements et leurs environs, notamment le troisième district, que les activités, les affaires et le commerce battent leur plein. La rivière Saigon donne sa configuration à la ville, son port est un grand port marchand. La rue Lê Van Sy se trouve au Nord-Ouest de la gare ferroviaire de Saigon, dans le troisième arrondissement. Prolongement de la rue Trân Quôc Thao, la rue Lê Van Sy est tout en longueur, très commerçante et animée notamment autour du marché couvert. Elle est coupée d'un pont traversant un canal bordé de bidonvilles.

La maison de Ky Lam s'est vu attribuer la lettre C parmi les maisons de la troisième branche de l'embranchement n° 15 de la ruelle 148 de la rue Lê Van Sy. La numérotation des maisons peut parfois sembler déroutante. Outre les recoupements de ruelles et donc l'addition de plusieurs numéros, la difficulté peut venir de l'utilisation de deux systèmes de numérotation. L'un peut se décliner selon le numéro de la maison, l'autre selon un système de lettres ; ainsi une rue numérotée 8B, 10B, 12B… pourra l'être dans

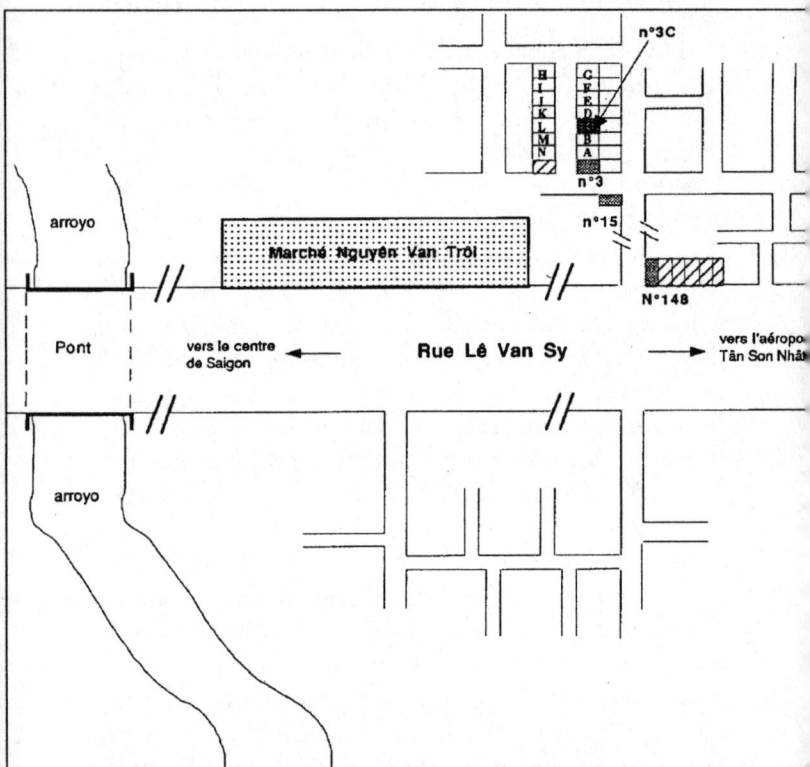

Croquis de la ruelle 148 Lê Van Sy

un autre district 8A, 8B, 8C... Généralement, les numéros pairs font face aux numéros impairs mais de nombreuses rues font exception...

Habiter au cœur d'une petite ruelle ou sur une grande avenue de Saigon ou de Cholon n'est pas du tout la même chose. Dans une ruelle, tout le monde se connaît, tout le monde se soutient, tout le monde s'épie. Un indicateur de la police, que chacun connaît, surveille toujours le voisinage.

Ce véritable village-ruelle n'est pas simplement une voie sans issue débouchant sur une grande rue mais il constitue à lui seul un véritable quartier. Malgré l'étroitesse des chemins, mobylettes, vélos, cyclos, marchands ambulants et gamins courant à toute allure s'y croisent naturellement. L'entrée de la ruelle 148 s'ouvre de bonne heure le matin avec des marchands de sandwichs, puis s'anime avec un petit étal de fruits et jus de fruits le reste de la journée et enfin s'éteint le soir avec des marchands de soupe.

La ruelle constitue en quelque sorte la continuité de la maison car chaque soir, les hommes assis sur des fauteuils pliants discutent, fument, boivent, jouent aux dominos ou aux échecs chinois... Les enfants s'y retrouvent pour inventer tous les jours de nouveaux jeux. Les fenêtres aux barreaux en fer n'ont pas de vitres, les portes sont souvent ouvertes, on sait donc toujours ce que le voisin fait, ce qu'il est en train de crier à sa femme et ce qu'il regarde à la télévision...

On pourrait penser que vivre dans une ruelle étroite et animée toute la journée par des marchands ambulants est une manière de vivre collective sans possibilité de préserver une certaine intimité familiale. Il est vrai que tous les voisins se connaissent et discutent lorsqu'ils se rencontrent mais ces relations sont les mêmes que celles qui existent dans un village. Les Vietnamiens disent facilement de quelqu'un qu'il est leur *ban*, leur ami [6], même s'ils le connaissent à peine ou qu'ils ne l'ont vu qu'une seule fois. Un seul mot existe pour désigner une relation mais cela ne saurait signifier qu'il n'existe pas de degrés dans les relations humaines. De manière générale, les Vietnamiens entretiennent des rapports assez légers et superficiels avec les autres et donc rarement intimes. C'est ainsi qu'un Vietnamien a toujours une multitude d'amis mais très peu d'amis chers, ce qui explique qu'il est rare de se lier intimement entre voisins. Bien sûr, il arrive qu'une voisine apporte à la famille de Ky Lam un bon plat cuisiné ou que Phuoc Sang offre des fruits à tel ou tel, mais cela reste peu habituel et surtout je n'ai jamais vu Ky Lam et Phuoc Sang recevoir ou être invités par des voisins de la ruelle.

C'est l'honneur d'une famille que d'avoir une belle maison. Beaucoup de notables saigonnais, qui en possédaient une autrefois, se sont vu confisquer leur demeure en 1975 par les autorités communistes. J'ai ainsi rencontré de nombreuses personnes autrefois aisées vivant aujourd'hui dans de véritables taudis. Plusieurs amis vietnamiens m'ont raconté que les confiscations étaient arbitraires, souvent non moti-

---

6. Copain, ami, relation, connaissance, collègue : on appellera toutes ces personnes *ban*.

vées, parfois justifiées par le mauvais comportement d'un des membres de la famille. Ky Lam et Phuoc Sang avaient acquis leur maison avant 1975 ; Phuoc Sang a longtemps craint, pendant les dix années de détention de son époux, de se retrouver à la rue avec ses enfants et son beau-frère mutilé. Les enfants étaient trop jeunes pour commettre des actes de délinquance répréhensibles, et surtout la famille Pham a finalement eu l'immense chance que la politique arbitraire et injuste de spoliation des biens ne frappe pas à leur porte. Elle vit donc encore aujourd'hui dans cette même demeure.

Comme beaucoup de maisons des ruelles de Saigon, la maison du 148/15/3C Lê Van Sy est tout en longueur et en hauteur. Toutes les constructions vietnamiennes contemporaines sont des immeubles carrés construits généralement sur des surfaces réduites mais sur plusieurs étages, le tout surplombé d'une terrasse. Avant d'entrer directement dans la maison, une porte grillagée ouvre sur une petite cour intérieure couverte que les Vietnamiens appellent véranda (*hàng hiên*). Cette cour est réservée aux deux hondas de Ky Lam et de Hoài Nhân, aux vélos de Hai et de Hoài An ainsi qu'au petit chariot ambulant de Nam Giao. La nuit, ils les rentrent à l'intérieur par crainte des voleurs. Devant l'entrée de la maison, sont éparpillées sur le sol toutes les chaussures ou savates de la famille que chacun quitte avant d'entrer véritablement dans la maison. Une grille coulissante fait office de porte. Plus l'entrée d'une maison est large, plus, dit-on, le chef de famille est généreux, c'est pourquoi l'on essaie toujours d'élargir les ouvertures. On accède à la maison par une marche, une pente douce en béton a été prévue pour les deux-roues.

La maison de Ky Lam est rectangulaire, ceci a son importance car le fond d'une demeure ne doit jamais être plus étroit que l'entrée, au risque, selon la tradition, de causer malheur, mort et ruine. Un Vietnamien refuserait de toutes façons d'acheter une demeure ainsi agencée. De même, une maison ne doit jamais donner un accès direct jusqu'au fond, un meuble ou une cloison doivent toujours être disposés pour arrêter les mauvais esprits qui pourraient essayer de s'immiscer dans la maison. Les Vietnamiens cherchent toujours à éloigner les mauvais esprits de leur demeure. Ainsi une famille chez qui je me suis rendue un jour avec Phuoc Sang habitait à l'angle d'une rue et la maison donnait sur un carrefour. Mon amie m'expliqua qu'une telle position est en général un mauvais présage car l'on craint que tous les malheurs de l'extérieur n'entrent à l'intérieur de la maison. Selon une pratique d'origine chinoise, un miroir octogonal avait été accroché à l'entrée afin de refléter ces malheurs et les renvoyer d'où ils venaient. Au-dessus de la porte pendaient quelques clochettes qui teintaient au moindre coup de vent, chassant ainsi les mauvais esprits ; on me demanda de les toucher à mon entrée afin d'effrayer toute éventuelle présence... De même, en temps de pluie, l'eau ne doit jamais ruisseler du toit et pénétrer dans la maison par les fenêtres ou autres ouvertures ; un tel signe annoncerait alors une période difficile et un manque d'argent.

De retour de promenade, je dépose ma bicyclette dans la véranda, pénètre dans la maison par la porte restée ouverte et accède directement au salon, une grande pièce au carrelage extrêmement propre. La maison est silencieuse. Le ventilateur fixé au plafond tourne désespérément ses hélices, ne parvenant pas à rafraîchir l'air. Immédiatement à ma droite, se trouve un lit en bois traditionnel sur lequel on déroule le soir une natte et une moustiquaire. C'est là que dort Nam Giao.

Sur le mur gauche de la maison, un tableau noir est fixé et quelques tables et bancs sont empilés près de la porte, instruments des cours particuliers que donne Ky Lam. Sur le mur droit, est dressé l'autel des ancêtres, meuble extrêmement important dans une maison vietnamienne ; celui-ci est une commode en bois vernis sur laquelle a été posé un crucifix en bois ayant appartenu au grand-père de Ky Lam, catholique fervent. Puis, de part et d'autre du Christ, sont exposées différentes photos : au-dessus, les portraits de Minh et Son Tinh, les parents de Ky Lam, vêtus de la tunique vietnamienne traditionnelle ; sur la gauche, le portrait d'un homme âgé d'à peine trente ans, il s'agit de Nam Phô, le jeune frère de Ky Lam et Nam Giao, mort à la guerre en 1975 ; sur la droite, le portrait d'un très jeune homme de dix-huit ou vingt ans, c'est le petit frère de Phuoc Sang mort en 1981 alors qu'il tentait de fuir le pays comme *boat people*. Des bougies et bâtons d'encens sont posés près du Christ [7].

---

7. Cette présentation est spécifique à la famille Pham. Habituellement, l'effigie de Bouddha est placée au-dessus des photographies mais il n'existe pas de règle précise pour les catholiques.

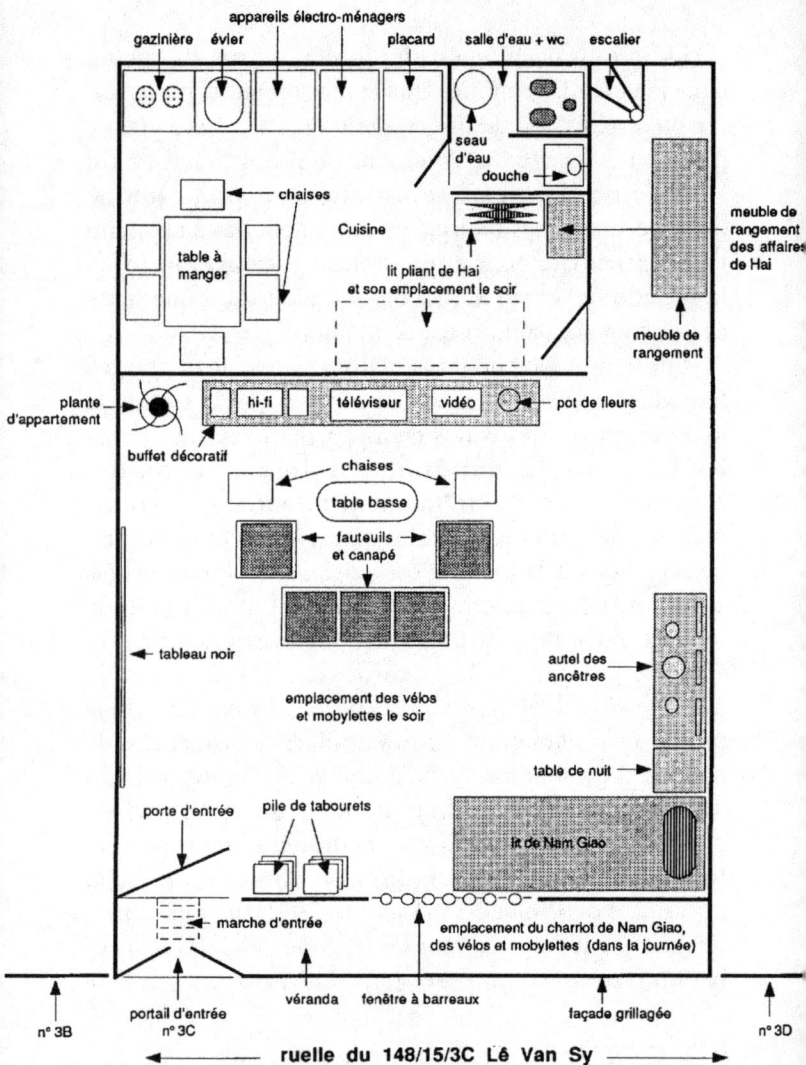

gazinière   évier   appareils électro-ménagers   placard   salle d'eau + wc   escalier

chaises

Cuisine

seau d'eau

douche

table à manger

lit pliant de Hai et son emplacement le soir

meuble de rangement des affaires de Hai

meuble de rangement

plante d'appartement

hi-fi   téléviseur   vidéo

pot de fleurs

buffet décoratif

chaises

table basse

fauteuils et canapé

tableau noir

autel des ancêtres

emplacement des vélos et mobylettes le soir

table de nuit

porte d'entrée

pile de tabourets

lit de Nam Giao

marche d'entrée

emplacement du charriot de Nam Giao, des vélos et mobylettes (dans la journée)

n° 3B

portail d'entrée n° 3C

véranda   fenêtre à barreaux

façade grillagée

n° 3D

◄── ruelle du 148/15/3C Lê Van Sy ──►

Plan du rez-de-chaussée de la maison

Au fond de la pièce, trônent un canapé et deux fauteuils en « sky » noir, très en vogue à Saigon quoique bien moins appropriés à la chaleur que les anciennes banquettes de bois, d'autant plus, que comme j'ai pu le voir dans beaucoup d'autres maisons, Phuoc Sang, pour maintenir son mobilier en état neuf le plus longtemps possible, n'a pas retiré le plastique de protection... Télévision, magnétoscope, jeu vidéo, tout est là, une famille vietnamienne même modeste économisera toujours pour s'équiper en hi-fi et vidéo.

Comme dans tout le reste de la maison, les murs sont recouverts d'une peinture donnant l'effet d'un crépi, blanc dans le salon, bleu clair dans la cuisine. Malgré les années, la peinture est restée propre. Chaque jour, et surtout le soir, des petits lézards courent sur les murs de la maison. Sont accrochés trois immenses calendriers de l'année, deux présentant des portraits de jeunes Chinoises de Hong-Kong actrices de cinéma, et le dernier des paysages et monuments du pays. Curieusement, l'on retrouve ces mêmes décorations dans quasiment toutes les maisons du Vietnam.

Je traverse le grand salon vide et silencieux et pénètre dans le domaine gardé de Hai, la cuisine. Accroupie à même le sol, occupée à éplucher de la salade, Hai ne m'a pas entendue arriver, seules les gouttes d'eau tombant de la tuyauterie percée et résonnant dans un seau en plastique viennent troubler le calme de la maison. Une marmite d'eau sur le feu commence à frémir, c'est là l'une des charges de Hai, celle du robinet n'étant pas potable, il est indispensable d'avoir toujours de grandes quantités d'eau bouillie. Elle prépare ensuite du thé, des bouteilles d'eau qu'elle met au frais, des glaçons dans des petits gobelets de métal que l'on pilera dans les boissons.

Dans une famille vietnamienne, la cuisine, le foyer occupent une place primordiale et déterminante pour le bonheur de chacun. C'est la femme qui est chargée de veiller à la préparation des repas, signe d'amour et de soumission au chef de famille. La cuisine est bien équipée et révèle une famille moderne : il y a un réfrigérateur, des plaques chauffantes fonctionnant au gaz, un évier et la grande table qui réunit toute la famille à chaque repas. Les placards contiennent peu de réserves alimentaires, aucune boîte de conserve. Hai va au marché tous les matins où elle achète les légumes et la viande pour la journée. Seul le riz est acheté en gros, en sacs de 25 ou 50 kilos. Il est toutefois fréquent de croiser dans la cuisine quelques cafards qui sont pour Hai signe de richesse et d'abondance. Elle pense que seules les familles riches peuvent se permettre de laisser tomber à terre quelques miettes qui attireront les cafards…

Hai sursaute en m'entendant lui parler et se relève aussitôt, le visage illuminé d'un grand sourire. En un éclair, elle m'a déjà mis dans la main un verre d'eau glacée. Le lit de camp sur lequel Hai passe ses nuits est plié près d'un mur. Dans un coin de la cuisine, une cabine d'environ deux mètres sur trois fait office de salle de bains pour Nam Giao ; à l'intérieur on a installé des toilettes et un robinet assez bas, le seau et la casserole en plastique lui permettent de se doucher.

Je laisse Hai à son travail et monte à l'étage par un escalier en béton recouvert de carrelage. J'entends des rires dans la première pièce à gauche, la chambre de

Ky Lam et Phuoc Sang, très prisée dans la journée par les enfants car elle a le luxe d'être climatisée... Carrelée en noir et blanc, la pièce est assez petite mais confortable. Hoài Nhân et Hoài An sont effectivement en train de s'y amuser sur le lit.

Sur la droite de l'escalier, la première porte mène à la salle de bains et la seconde à une chambre. La salle de bains est très bien équipée : des toilettes, un lavabo et une douche sans bac, si bien que la pièce est toujours inondée. On n'y trouve aucune serviette de toilette, chacun apportant la sienne et repartant avec. Hai m'a expliqué qu'une serviette ne doit pas être utilisée par deux personnes différentes car s'essuyer le visage avec un linge ayant servi pour une autre partie du corps porterait malheur et rendrait de surcroît idiot.

La deuxième chambre autrefois occupée par Kim Hoa et Kim Anh est aujourd'hui celle de Hoài An. Le carrelage est écru et la peinture recouvrant le mur jaune pâle, salie par les années. Les lits consistent en de simples sommiers et matelas protégés par une moustiquaire fixée par des petites baguettes de bois, le ventilateur posé sur la table de chevet permet de passer des nuits moins étouffantes... Une table et une chaise en bois constituent le reste du mobilier. Une image religieuse trône entre le portrait de Sophie Marceau et des affiches de chanteurs vietnamiens à la mode, rappelant les deux personnalités de Kim Hoa et de Kim Anh... Une fenêtre de la chambre donne sur la ruelle, elle me permettra d'observer pendant des heures le petit monde fascinant de la ruelle.

Sur le palier, un escalier en colimaçon mène directement à la chambre de Hoài Nhân. Au-dessus de son bureau, une petite étagère porte plusieurs livres d'économie ainsi qu'un dictionnaire anglais-vietnamien.

Phuoc Sang me fit un jour remarquer que dans chacune des chambres de la maison, les lits sont orientés vers le Sud-Est. La tête du lit doit être tournée si possible vers l'Est, ou bien à défaut vers le Sud ou le Nord, mais jamais vers l'Ouest. Bouddha est mort sous son arbre dans la direction de l'Ouest, dormir en ce sens apporterait donc le deuil, la maladie et la malchance. Phuoc Sang m'explique que dormir est nécessaire à tout individu pour se ressourcer et récupérer ses forces après une longue journée de travail, mais que l'emplacement du lit est déterminant pour l'avenir et le comportement de celui qui y couche. Le lit doit être orienté dans une direction favorable à l'esprit et à la santé de l'individu. Tous les Vietnamiens, qu'ils soient bouddhistes ou pas, veillent à cette règle.

Le clan familial des Pham

Chaque famille a un nom (*ho*). Le clan de Ky Lam est celui des Pham. Mais il existe très peu de noms de famille au Vietnam, tout au plus une centaine. Nombre de familles n'ayant aucun lien de parenté, et même bien au-delà des neuf générations requises, portent le même nom ; ainsi plus de 50 % des Vietnamiens s'appellent Nguyên. Outre son nom de famille (*ho*) et son prénom (*tên*), chaque individu est doté à sa naissance d'un nom intermédiaire qui permet de diversifier un peu plus les identités, de distinguer également le sexe de la personne et parfois de donner un sens particulier au prénom qui le suit.

Le nom intermédiaire de Ky Lam, Van, est très classique et plus typique du Sud que véritablement du Centre. De grandes familles du Centre ou du Nord ont des noms intermédiaires auxquels ils tiennent beaucoup : nous pensons par exemple aux Pham Phu, aux Nguyên Dinh... Ces familles transmettent alors leur nom intermédiaire de père en fils, par fierté suivant leur rang dans l'aristocratie ancienne ; cette pratique n'est toutefois pas obligatoire. Ce nom intercalé entre le nom et le prénom permet également de connaître le genre, masculin ou féminin, de la personne. Le mot intermédiaire pour la quasi-totalité des femmes est Thi et celui pour beaucoup d'hommes Van. Le nom est toujours cité en premier, ainsi Ky Lam déclinera toujours son identité comme suit : Pham Van Ky Lam.

Le prénom est choisi par les parents ou grands-parents de l'enfant à naître. Il peut être polytonal ou monotonal, il peut être simple ou composé. Un prénom est toujours un nom commun érigé en nom propre et revêt donc une signification précise. Ainsi « Phuoc Sang » signifie « Vertu et Raffinement », des prénoms plus communs tels que « Hoa », « Mai » ou « Cúc » correspondent à « Fleur », « Fleur de Merisier » ou « Marguerite ».

Le terme de « clan », pris dans son sens socio-logique, s'applique parfaitement à la famille vietnamienne dans la mesure où les membres de ce même groupe, le *ho*, se réclament d'un ancêtre commun par filiation. Toutefois, le système de parenté clanique pourrait s'étendre indéfiniment si l'on s'en tenait à ce seul critère. Mais le lien de parenté s'étend sur seulement neuf générations, les quatre antérieures et les quatre postérieures. Par conséquent, chaque individu a au-dessus de lui ses parents et trois générations d'aïeux et au-dessous de lui ses enfants et trois générations de petits, arrière et arrière-arrière-petits-enfants.

On distingue au sein du *ho*, la *gia* ou *nhà* (la famille) qui réunit les plus proches parents vivant sous le même toit. Ainsi, si le clan des Pham s'élargit à tous les frères, sœurs et même cousins de Ky Lam et leurs descendants, sa *nhà* se limite à sa propre famille vivant sous son toit. Le clan familial est exogame, les membres du même *ho* n'ont donc pas le droit de se marier entre eux.

Traditionnellement, la résidence était patrilocale, c'est-à-dire que les couples s'installaient chez la famille du mari. Mais ce sont de plus en plus des facteurs extérieurs à la parenté qui définissent les lieux de résidence dans la société vietnamienne actuelle.

Le système de filiation est bilinéaire. Chaque individu a d'une part une famille paternelle, *ho nôi*, et d'autre part une famille maternelle, *ho ngoai*. Du côté paternel, il a tout d'abord ses grands-parents, *ông bà nôi*, ses frères et sœurs, *anh em chi em ruôt*, les frères et sœurs aînés de son père, *bác*, les frères cadets de son père, *chu*, les sœurs cadettes de son père, *cô*, ses cousins et cousines enfants de ses oncles, *anh em chi em ho*, et les fils de ses tantes, *con bác* ou *con cô*. Du côté maternel, on retrouve les grands-parents, *ông bà ngoai*, les oncles et tantes aînés, *bác*, les oncles cadets, *câu*, les tantes cadettes, *di*, les fils des oncles, *con bác* ou *con câu*, les fils des tantes, *con bác* ou *con di*.

Le chef de clan est l'aîné de la souche familiale, quel que soit son âge. Ainsi, Ky Lam dirige la famille Pham depuis la mort de son père en 1988. La famille vietnamienne est de type patriarcal. C'est donc le père qui détient toute l'autorité sur sa famille. La puissance paternelle demeure de nos jours importante et inspire toujours le respect des enfants. Il « reste le juge naturel de toutes les contestations qui s'élèvent entre les descendants [8] ».

8. Nguyen Van Huyen, *la Civilisation ancienne du Vietnam*, éd. Thê Gioi, Hanoi, 1994, 320 p., p. 13.

Quoique chef du clan familial, l'aîné de la souche n'exerce *de facto* son autorité que sur sa *gia* ou *nhà*, c'est-à-dire sa femme, ses enfants et petits-enfants. Ainsi Ky Lam ne joue pas un rôle de père de famille auprès de ses frères et sœurs, neveux et nièces, si ce n'est toutefois Nam Giao puisqu'il vit sous son toit. Il joue également un rôle important auprès de sa sœur Nguyêt Biên, veuve depuis 1973, qui se réfère beaucoup à son frère aîné pour l'éducation de ses enfants.

L'aîné de la souche familiale clanique est également le *truong tôc*, c'est-à-dire le chef et le continuateur du culte des ancêtres. C'est donc Ky Lam qui est détenteur de ce pouvoir cultuel ; à ce titre, il est tenu de respecter le culte et est responsable de l'entretien des tombeaux familiaux. Autrefois, le rôle du *truong tôc* était très étendu puisqu'il pouvait trancher des litiges s'élevant dans la famille et devait prendre les décisions les plus importantes pour l'ensemble du clan familial. Il est aujourd'hui plus symbolique. L'une de ses attributions importantes est de conserver et tenir le registre généalogique, le *gia pha*. Toute bonne famille, *a fortiori* si elle est d'origine aristocratique, doit avoir gardé ce registre, mais celui de la famille de Ky Lam a malheureusement disparu pendant la guerre de 1945-1954 avec le départ d'un oncle dans le Nord. Ce registre contient habituellement les noms des ancêtres de la famille avec parfois une courte biographie, les dates des anniversaires de leur mort ainsi que l'emplacement des tombeaux. La disparition de son *gia pha* est un événement véritablement tragique pour Ky Lam, créant ainsi une rupture dans l'histoire de la famille. Ky Lam a reconstitué un arbre généalogique de sa famille, remontant jusqu'à quatre générations au-dessus de lui.

En glanant à droite et à gauche des renseignements sur la famille de Ky Lam et Nam Giao, j'avais compris que leur père, Minh, n'était pas le fils aîné de sa génération mais c'est pourtant lui qui a hérité, puis Ky Lam, du culte des ancêtres et du soin de veiller aux tombeaux des ancêtres. Cette responsabilité est extrêmement importante et, pour qu'elle ne soit pas revenue à son titulaire de droit, un événement grave avait dû se produire. Je n'avais jamais osé interroger l'un des membres de la famille sur ce passé obscur. C'est Ky Lam, un soir, qui commença à me parler de ce terrible épisode de la famille Pham. Je sentis, tout au long de son récit, une rancœur et une tristesse à peine voilées, le sentiment d'une trahison indélébile. Les guerres et les conflits d'idéologie ont déchiré nombre de familles, laissant à tout jamais des cicatrices.

L'oncle de Ky Lam, le frère aîné de Minh, Hiêu, né en 1912, enseignant à Huê et marié à Nguyên Thi Biên, avait quitté le Centre du Vietnam en 1951 pour rejoindre la résistance contre les Français. Il avait entraîné avec lui le plus jeune frère de la famille, Xuân, alors étudiant en sixième année de médecine à Huê et récemment marié avec Nguyên Thi Dao qui attendait son deuxième enfant. La famille Pham n'eut aucune nouvelle des deux frères pendant de nombreuses années. Dao se remaria avec Dang Kim Giao, un officier de l'Armée du Sud avec qui elle eut trois enfants, et Biên continua d'élever seule ses quatre enfants. En 1954, à la mort de son père Pham Van Phuóc, Pham Van

Minh était alors devenu le chef de famille responsable du culte des ancêtres. Son frère aîné, Hiêu, avait maintenant disparu dans le Nord-Vietnam et le registre de la famille avec lui. Voyant sa santé faiblir, Phuóc avait remis le *gia pha* de la famille à Hiêu dès 1950 ; après le départ du fils aîné, le registre demeura introuvable. Minh pensait que son frère l'avait peut-être brûlé pour dissimuler son passé aristocratique.

En 1975, lorsque les troupes du Nord occupèrent Saigon et que le Sud tomba sous la domination communiste, Hiêu réapparut comme cadre politique du nouveau régime. Il revint s'installer à Quang Ngai mais sans grand égard pour Biên qui l'avait attendu durant toutes ces années, puisqu'il avait entre-temps refondé une famille avec une femme du Nord. Il rendit visite à son frère Minh installé comme médecin à Danang ; l'entrevue fut très houleuse, Hiêu accusant Minh d'avoir conservé la religion catholique au sein de la famille. Hiêu alla ensuite à Saigon pour accuser son neveu d'être un capitaliste, un exploiteur, un serviteur du régime fantoche du Sud et un mercenaire pour les Américains. Il lui « conseilla » de séjourner quelque temps en camp de rééducation afin de devenir un bon citoyen du nouveau régime. Ky Lam répliqua en le traitant d'envahisseur. À partir de ce moment, comme nombre de fonctionnaires ou militaires de l'ancien régime du Sud, Ky Lam dut se rendre lui-même à la police afin d'être interné dans un camp de rééducation pour, lui a-t-on dit alors, deux semaines.

Phuoc Sang relaie le récit de son mari pour me raconter que, sans nouvelle au bout d'un mois, elle s'était rendue chez Hiêu afin de lui demander son aide, d'user de son pouvoir pour libérer Ky Lam. L'oncle refusa. La jeune femme fit une nouvelle tentative, accompagnée de son beau-père, Minh, espérant ainsi que la présence de son frère influencerait Hiêu. Mais le frère aîné réaffirma son refus, déclarant que la rééducation serait bénéfique à son neveu. Minh habituellement calme et retenu, entra alors dans une colère terrible ; il montra son frère du doigt en l'accusant d'avoir perdu son âme en refusant d'aider la famille. Minh reprocha à son frère d'avoir abandonné les siens, d'avoir ignoré le culte des ancêtres pendant tout ce temps. En dépit du respect qu'il aurait dû avoir pour son aîné, il l'accusa d'être la honte de la famille, ne le jugeant plus comme membre de celle-ci. Hiêu n'est plus jamais entré en contact avec son frère ou son neveu, Ky Lam a appris son décès en 1990. Personne n'a jamais su ce qu'était devenu Xuân, parti en 1951 avec Hiêu.

Après cette terrible dispute entre les deux frères, Minh, qui assurait déjà le culte des ancêtres depuis le décès de son père, en est devenu le seul responsable. Logiquement, Ky Lam en a ensuite hérité. Il est donc extrêmement important de connaître cet incident pour comprendre la famille Pham telle qu'elle existe aujourd'hui car c'est cette dispute qui a fait *a posteriori* de Ky Lam le chef de toute la famille, y compris vis-à-vis de ses neveux.

Pendant les années de détention de Ky Lam, lors des fêtes en famille à Saigon, Minh vivant à Danang, une personne devait remplacer Ky Lam. Nam Giao a choisi de laisser sa belle-sœur, Phuoc Sang, assurer ce rôle car c'est elle qui maintenait alors l'unité de la

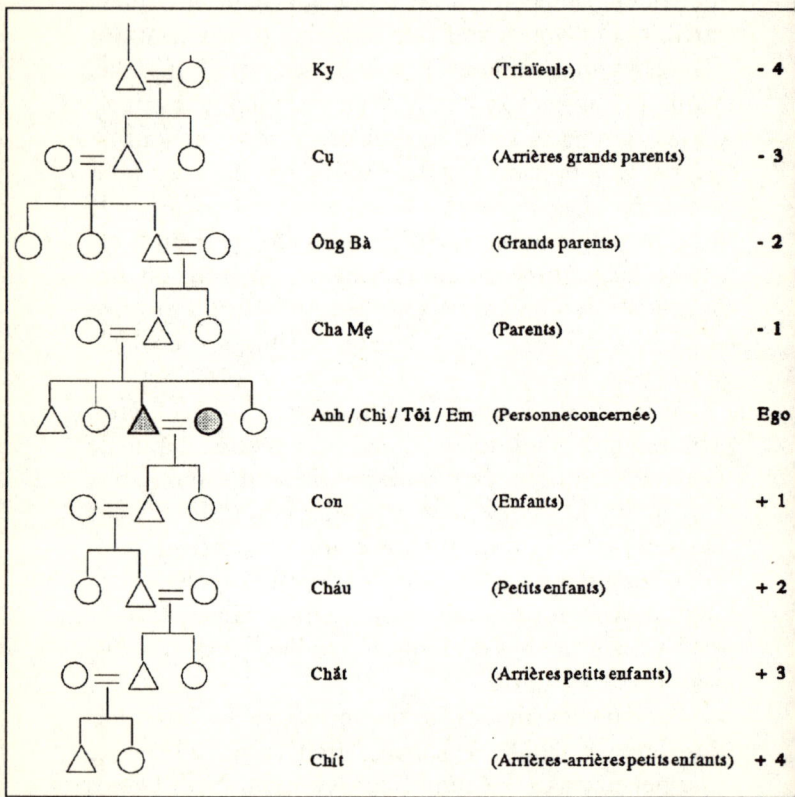

	Ky	(Triaïeuls)	- 4
	Cụ	(Arrières grands parents)	- 3
	Ông Bà	(Grands parents)	- 2
	Cha Mẹ	(Parents)	- 1
	Anh / Chị / Tôi / Em	(Personne concernée)	Ego
	Con	(Enfants)	+ 1
	Cháu	(Petits enfants)	+ 2
	Chắt	(Arrières petits enfants)	+ 3
	Chít	(Arrières-arrières petits enfants)	+ 4

Schéma de parenté clanique

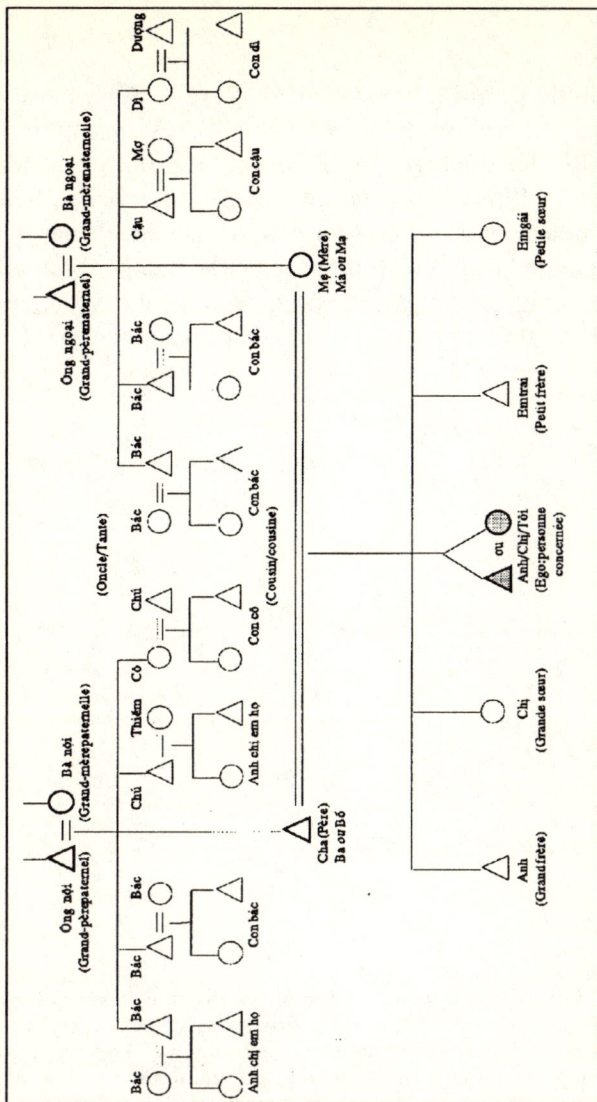

Schéma des familles paternelle/maternelle

famille et qui la nourrissait. Une telle délégation est très importante, habituellement la responsabilité du culte des ancêtres est réservée aux hommes de la lignée. Phuoc Sang est donc considérée par sa belle-famille comme successeur dans le clan des Pham. Il est vrai que lorsqu'une femme se marie, elle perd son nom de famille et devient membre de la famille de son mari à laquelle ses propres parents n'appartiennent pas [9].

---

9. Officiellement, une femme mariée conserve le nom de famille de son père : ainsi Phuoc Sang ne s'appelle pas madame Pham Thi Phuoc Sang mais toujours Tran Thi Phuoc Sang. Toutefois, l'habitude veut qu'une femme mariée ne se fasse plus appeler par ses propres nom et prénom mais par ceux de son mari, ainsi les voisins et clients de Phuoc Sang l'appellent madame Ky Lam ou madame Pham Van Ky Lam.

Les vœux du Têt

La fête du Têt (Nouvel An vietnamien) génère une grande effervescence dans les rues de Saigon. En ce début de février, toute la famille Pham s'affairait, on faisait des courses, on achetait gâteaux et fruits, Hai préparait de nombreux plats. Dès la veille du Têt, des élèves de Ky Lam sont venus lui rendre visite, lui offrant des saucissons secs, des pastèques, du raisin et toutes autres sortes de fruits. Phuoc Sang a décoré la maison du traditionnel arbre de nouvel an et orné les pièces de branches de merisier en fleurs ; pour les bouddhistes, ces plantes sont destinées à chasser les mauvais esprits, pour les Pham, il s'agit plus d'une tradition du Têt et de donner un air de fête.

La veille de la fête, les rues de Saigon sont pleines de monde, chacun prépare les fastes du lendemain. C'est à minuit que tout commence, les rues se sont vidées, toutes les maisons s'éclairent. Chez les Pham, catholiques, la soirée est assez calme, il y a beaucoup plus d'animation chez les voisins, les Nguyên ou les Trân, bouddhistes. Des enfants de la ruelle s'amusent avec des petits tambours, autrefois les pétards fusaient la nuit du Têt mais ils sont maintenant formellement interdits depuis 1994.

Peu avant minuit, la famille Trân a quitté sa maison pour se rendre à la pagode. De la chambre de Hoài An, je peux observer la scène qui se déroule chez la famille Nguyên de l'autre côté de la ruelle, fenêtres et portes ouvertes laissent le champ libre à ma curiosité. Immédiatement après minuit, Thanh, le père de famille, commence à célébrer le culte des ancêtres, il récite des prières et se prosterne à trois reprises devant l'autel des ancêtres en tenant dans ses mains trois bâtons d'encens qu'il plante ensuite dans un petit pot devant la statue de Bouddha. Puis, chacun des membres de la famille procède aux mêmes gestes rituels. La scène dure ainsi jusqu'à une heure du matin, les lumières de la maison s'éteignent alors et tous vont se reposer en prévision de la journée du lendemain.

Le matin du Têt est bien particulier, la maison est silencieuse à mon réveil, tout le monde descend vers 7 heures 30, se salue avec un air que je juge plus sérieux que d'habitude, voire presque recueilli. Tous sont revêtus de vêtements neufs, même Nam Giao apparaît parfaitement coiffé et habillé. Phuoc Sang est très belle dans un *áo dài* [10] en velours violet. Je remarque que plusieurs chaises ont été installées dans le salon, soigneusement alignées.

Vers 9 heures, Ky Lam me demande de venir avec le reste de la famille dans le salon. Sont alors présents Ky Lam, Phuoc Sang, Nam Giao, Hoài Nhân, Hoài An et Hai. Chacun s'assoit, un siège a été prévu pour

---

10. Vêtement vietnamien traditionnel fait d'un pantalon large et d'une tunique fendue de chaque côté jusqu'au-dessus des hanches.

moi. Assis dans son fauteuil et arborant un air impo-
sant, Ky Lam prend la parole. Il souhaite nous présenter en ce jour de nouvel an ses vœux ; il fait un
petit discours dressant en quelque sorte un bilan de
l'année dernière, remercie Dieu d'avoir aidé sa
famille, remercie sa femme pour son rôle d'épouse et
de mère de famille, remercie aussi son frère. Il souhaite bonne chance et prospérité à la famille. Phuoc
Sang, assise également, s'adresse tout d'abord à son
mari et lui promet qu'elle continuera à remplir ses
devoirs d'épouse et de mère de famille et à maintenir
l'unité du foyer. Elle présente ses vœux à son beau-
frère et remercie Hai pour tout ce qu'elle fait et
espère qu'elle demeure dans la famille. Elle se
tourne ensuite vers moi, elle me remercie de ma présence, disant me considérer maintenant comme l'un
de ses enfants. Enfin, elle souhaite bonheur et bonne
santé à ses fils et leur demande de bien travailler dans
leurs études, elle étend ses vœux à ses filles absentes.
Puis chacun prend la parole à son tour, Nam Giao
remercie notamment son frère et sa belle-sœur de
l'accepter dans leur maison. Je remercie également
toute la famille pour leur gentillesse et leur hospita-
lité. Les deux fils promettent d'être sages, obéissants
et brillants dans leurs études, Hai remercie enfin
Phuoc Sang et Ky Lam.

Après l'échange des vœux, les parents distribuent
des petites enveloppes rouges où ont été glissés
quelques billets à leurs deux fils et à Hai, je procède à
la même distribution, Nam Giao a également prévu
des enveloppes pour ses neveux. Les enfants nous
remercient les mains jointes tout en reculant. Phuoc

Sang nous a ensuite invités à manger des plats de riz gluant, le *bánh tét*, de forme ronde, et le *bánh chung*, de forme carrée, symboles du ciel et de la terre. Depuis leur invention par le prince légendaire Lang Liêu, ces gâteaux de riz fourrés sont dégustés par toutes les familles vietnamiennes à l'occasion du Têt[11].

La même cérémonie s'est répétée en début d'après-midi avec Kim Anh et son mari venus souhaiter une bonne année à la famille.

Cette cérémonie de présentation des vœux du Têt est tout à fait révélatrice de l'influence du confucianisme dans les relations familiales. Toute la scène était organisée dans un esprit de respect et de hiérarchie, c'est le chef de famille qui s'est exprimé en premier, puis la maîtresse de maison, et ensuite chacun des autres membres suivant l'ordre d'âge. Les vœux exprimaient surtout des promesses d'obéissance, de respect vis-à-vis des personnes supérieures dans la hiérarchie familiale et de progrès dans les activités quotidiennes afin de consolider la fierté et l'unité de la famille.

Le respect des aînés apparaît dans toute relation sociale et familiale, dans tout dialogue aussi banal soit-il. La façon de se désigner et de désigner son interlocuteur varie selon la position que l'on adopte par rapport à celui-ci. La variété des pronoms personnels atteste du respect toujours très présent dans un dialogue entre Vietnamiens, le pronom variera selon que l'on se situe à une génération supérieure, équivalente ou inférieure. Le « je » ne sera pas le même selon que

---

11. Voir *Contes vietnamiens*, éd. Gründ, p. 159-161.

l'on s'adresse à ses parents, ses grands-parents, son grand frère ou sa petite sœur. Ainsi Hoài Nhân s'adresse à ses parents en disant *Con* (enfant) et à ses grands-parents en disant *Cháu* (petit enfant), il devient *Em* (personne plus jeune que l'interlocuteur) pour ses grandes sœurs et *Anh* (grand frère) pour Hoài An. Lorsque Ky Lam et Phuoc Sang s'adressent à leurs enfants, ils diront *Ba* et *Má* (papa et maman) ; le mari appelle sa femme *Em* et s'exprime en disant *Anh*. On ne s'adresse jamais à quelqu'un en l'appelant par son prénom, on utilise toujours un pronom personnel seul ou parfois associé au prénom, ainsi les enfants de la famille m'appelaient *Chi* Florence (grande sœur Florence) et les adultes utilisaient seulement mon prénom, prenant là une habitude française et non vietnamienne.

Ces pronoms personnels se retrouvent, au-delà des relations purement familiales, dans tous les rapports sociaux. Pour se conformer aux règles de la politesse, on utilise des termes de parenté. On s'adresse généralement à une femme âgée de plus de quarante ans en l'appelant *Bà* (madame) et un homme *Ong* (monsieur) ou *Bác* (grand-oncle/grande-tante), on dira *Chi* et *Anh* pour une femme et un homme de moins de quarante ans, *Cô* et *Câu* pour des jeunes filles et jeunes hommes. La politesse exige que ces différents degrés soient scrupuleusement respectés. Il faut parfois veiller à ne pas toucher la susceptibilité de certains ; ainsi une femme âgée, s'estimant sans doute encore suffisamment jeune, s'adressera à une jeune personne comme *Chi*, il serait alors indécent de lui répondre en utilisant le terme de *Bà*.

JE première personne		T U deuxième personne
TAO, TA *(Je "amical" ou je "supérieur")*		**MÀY ou MI** *(Tu "amical" ou tu "méprisant")*
TÔI ou TUI *(Je "neutre")*		------
ANH, CHỊ *(Grand frère, grande sœur)*		**ANH, CHỊ** *(Grand frère, grande sœur ou "deuxième personne neutre")*
EM *(Petit frère ou petite sœur)*		**EM**
CON *(Enfant)*		**CON**
CHÁU *(Petit enfant, neveu ou nièce)*		**CHÁU**
ÔNG, BÀ *(Grands parents)*		**ÔNG, BÀ** *(Grands parents ou "deuxième personne neutre")*
CÔ, CHÚ, BÁC DÌ, CẬU *(Tante, oncle paternel ou maternel)*		**CÔ, CHÚ, BÁC DÌ, CẬU**
BA, MÁ CHA, MẸ *(Parents)*		**BA, MÁ CHA, MẸ**

Façon de se désigner en vietnamien

Les enfants doivent toujours se montrer extrêmement respectueux envers leurs parents. La politesse transparaît également dans l'utilisation du langage, certaines subtilités de la langue vietnamienne sont ainsi parfois difficilement décelables pour un observateur étranger ; l'enfant ne dira pas « oui » de la même façon selon qu'il s'adresse à son petit frère, son camarade de classe ou ses parents, il pourra répondre « *u* » à ses jeunes frères et sœurs mais devra dire « *da* » à ses parents (ou « *vâng* » dans le Nord). Les principes de sagesse et de respect filial imprégnés de confucianisme ne sont pas seulement des lieux communs lorsque l'on veut parler de la culture vietnamienne : j'ai pu observer durant ces mois que l'obéissance et le respect des enfants envers leurs parents font partie intrinsèque des rapports familiaux quotidiens. Les enfants de la famille Pham saluent toujours extrêmement poliment leurs parents, s'adressent à eux sur un ton respectueux et il semblerait inimaginable qu'ils puissent leur répondre de manière insolente. Jamais Hoài Nhân ne sort se promener en mobylette sans avoir demandé la permission, salué ses parents et dit où il allait. Savoir s'il se rend exactement et effectivement à cet endroit est autre chose, mais le fils doit toujours se montrer poli vis-à-vis de ses parents. Une règle devant être absolument respectée est également la présence à l'heure des repas, Ky Lam est très exigeant quant à cette ponctualité. Parfois Hoài Nhân et Hoài An ressortent après le dîner mais ils sont toujours là au moment du repas.

De même, la relation entre l'aîné et son jeune frère est avant tout une relation de hiérarchie et de respect. L'amour qu'ils se portent l'un l'autre est réel mais ne doit pas interférer. L'aîné doit veiller au plus jeune, il doit le former et a le droit de le punir en cas de bêtise. Hoài Nhân apparaît comme un modèle pour le petit. Hoài Nhân s'occupe beaucoup de son jeune frère, c'est souvent lui qui l'emmène à l'école, il veille également à ses devoirs et se montre alors intraitable. Je l'ai souvent vu penché sur les cahiers de son frère en train de l'aider, de lui expliquer telle ou telle leçon, j'ai alors parfois assisté à des colères terribles lorsque Hoài An s'obstinait à répéter une même erreur, les gifles volaient. L'aîné a le droit de taper ses cadets à condition de ne pas le faire devant les parents. Après cela, les devoirs de Hoài An peuvent être de nouveau soumis à la foudre des parents également très vigilants. Hoài An ne subit absolument pas cette relation comme une injustice, Hoài Nhân est son frère aîné et cette relation d'autorité est normale. Cela dit, dès lors que Hoài An se montre respectueux envers son grand frère, une très grande complicité s'installe entre eux. Hoài Nhân passe des heures à jouer avec lui, l'emmène se promener chaque jour à cheval sur sa honda.

Une journée de Phuoc Sang et de Ky Lam

Les journées de Ky Lam commencent très tôt, debout à cinq heures il pratique une heure et demie de gymnastique, le *tai chi kwan*. Plusieurs hommes se retrouvent à cette heure matinale dans un parc public alors que le jour est encore à peine levé. Vêtus d'un simple pantalon de pyjama bleu ou blanc, le torse nu ou couvert d'un maillot, ils s'étirent doucement et en silence, ils éveillent leur corps. Chacun dessine des gestes différents, certains se massent le visage, effectuent de légères flexions sur leurs jambes ou balancent leurs bras. Une serviette éponge autour du cou, Ky Lam applique chaque matin ce qu'un maître de Vo, ce que nous appelons en Occident le Kung Fu, lui a enseigné lors de sa jeunesse à Danang ; il commence par s'étirer puis, avec des gestes lents, mesurés et précis, il tourne sur lui-même en fléchissant ses jambes et en plaçant ses mains comme s'il tenait un ballon entre elles. Parfois, il exécute d'autres gestes, moins formels, de gymnastique plus populaire.

Le Vo correspond à une véritable maîtrise de soi que les anciens doivent enseigner aux plus jeunes. Ky Lam transmet ainsi son savoir à Hoài Nhân depuis plusieurs années et commence à initier Hoài An à quelques gestes. Cet art vise à garder son corps en bonne santé et à savoir se défendre contre toute attaque improvisée. La plupart des hommes vietnamiens pratiquent cet art au moins quelques années dans leur vie.

Quant à Phuoc Sang, elle se rend chaque matin, vers 7 heures 30, à la petite pharmacie qu'elle tient sur la rue Lê Van Sy. Après avoir vendu des médicaments au marché noir pendant de nombreuses années, elle a acquis ce petit commerce. Le local loué se trouve au rez-de-chaussée d'un immeuble de trois étages, situé entre un café et un atelier de couture. La pharmacie se résume à une petite devanture, quelques vitrines remplies de médicaments de toute sorte, rangés apparemment sans aucune logique, les plaquettes sorties des boîtes, des comprimés répartis dans des pochettes en plastique transparent. Trônent sur des étagères quelques vieux livres de médecine et de pharmacie datant sans doute des études de Phuoc Sang, ainsi que quatre boîtes en fer rouillé sur lesquelles sont inscrits en français des noms de médicaments.

Les commerçants du quartier semblent constituer une grande famille, tout le monde se salue et tous rient de bon matin. Le marchand de *pho* installé sur le trottoir depuis déjà plus de deux heures sert des bols de soupe fumante pour 6 000 dôngs (trois francs). À son arrivée, Phuoc Sang ouvre la grille de la boutique, l'ouverture de la plupart des maisons vietnamiennes se fait par une grille qui, une fois tirée, ouvre en fait toute la façade du rez-de-chaussée. On accède à la pharmacie en montant trois marches ; comme partout une petite pente douce cimentée a été prévue pour les mobylettes. Dès l'ouverture, des personnes commencent à arriver, des clients mais aussi les voisins commerçants ou encore le marchand de soupe qui apporte le bol commandé par Phuoc Sang ; elle avale rapidement le bouillon fumant. Les ordonnances du médecin ou les explications du malade permettent à Phuoc Sang de préparer les médicaments souhaités. La pharmacienne effectue son travail dans une ambiance et à un rythme qui lui permettent de discuter avec ses clients. Selon les prescriptions, elle détache le nombre de comprimés suffisants. Beaucoup trop chère, une boîte n'est jamais vendue entière, un malade souffrant de migraine viendra chercher une seule aspirine à la fois.

Affluent également au cours de la matinée des dizaines d'enfants ; je les vois glisser malicieusement un billet de 5 000 dôngs dans les mains de Phuoc Sang et s'installer avec une frénésie évidente devant une petite table où trône une… console Nintendo. Ils en sont les possesseurs pendant une heure. Comme beaucoup de commerçants, Phuoc Sang a installé un jeu vidéo dans sa boutique et le loue à l'heure afin de gagner un peu plus d'argent à la fin du mois. Les enfants admirateurs ou tout simplement attendant leur tour s'attroupent autour du joueur, criant, l'encourageant ou se moquant. Le brouhaha est parfois tel que Phuoc Sang est obligée de gronder afin de disperser, le temps d'un éclair, tous ces joyeux bambins.

Après le petit déjeuner pris à la maison ou à l'extérieur, Ky Lam vient aider sa femme dans la matinée.

Lorsqu'il n'y a pas de client, il s'installe avec quelques hommes du quartier au café, sirotant une bière ou un café glacé. J'observe avec amusement une habitude que l'on retrouve dans tous les cafés et restaurants : les clients glissent sous la table toutes les bouteilles qu'ils viennent de boire. Les hommes échangent alors leurs idées ou tissent des projets ensemble.

L'après-midi, Ky Lam reste à la maison où il donne des cours particuliers de français et d'anglais à des écoliers. Il est extrêmement courant au Vietnam, même parmi les familles les plus modestes, de payer à ses enfants des cours supplémentaires. La corruption est devenue telle dans tous les milieux que les parents n'ont plus aucune confiance dans l'enseignement public. Par conséquent, nombre d'enseignants et intellectuels donnent ainsi des cours à leur domicile. Lorsque les élèves entrent dans la maison, ils saluent respectueusement « Thây Ky Lam » (Maître Ky Lam) puis s'assoient dans un calme étonnant ; pendant une heure ou deux, Ky Lam leur explique la grammaire de Shakespeare et Voltaire ; je suis étonnée d'assister à des cours de langues étrangères sans quasiment aucune participation orale des élèves. Les Vietnamiens apprennent en général très consciencieusement la grammaire et les conjugaisons, et sont dès lors capables de communiquer rapidement avec des étrangers sans même avoir véritablement pratiqué cette langue.

Comme toutes les femmes vietnamiennes, Phuoc Sang travaille beaucoup. Elle travaille donc à l'extérieur de son foyer. Elle tient à elle seule sa pharmacie, même si Ky Lam l'aide de temps en temps pour la vente, elle s'occupe seule des commandes et des comptes. Partout, dans les marchés, magasins ou bureaux, sur les trottoirs de Saigon, des femmes travaillent et n'hésitent pas à effectuer des travaux pénibles ; j'ai vu à de nombreuses reprises des femmes sur des chantiers de maçonnerie, en train de nettoyer des routes ou même de les goudronner.

Une fois rentrée à la maison, la femme se retrouve seule face aux tâches ménagères, à moins d'être aidée comme Phuoc Sang par une fille ou une bonne. Mais de manière générale, jamais un homme ou un fils ne s'abaisserait à des tâches ménagères. Si parfois par goût Ky Lam a préparé pendant mon séjour un plat cuisiné, il ne s'occupe absolument pas de la vaisselle ou du rangement de la cuisine. De même, il ne touche et ne touchera jamais à la lessive non seulement parce que c'est le travail de la bonne mais surtout parce que cela porte malheur de toucher à des vêtements sales de femmes, *a fortiori* pendant leur menstruation.

Avant tout mère de famille, c'est la femme qui est en premier lieu chargée de l'éducation des jeunes enfants. Les mères de la génération de Phuoc Sang ont souvent élevé leurs enfants quasiment seules, les pères étant à la guerre ou ensuite en prison. Mais lorsque l'enfant grandit, c'est le père qui prend les décisions les plus importantes, notamment le choix des écoles, des études et du futur métier. Beaucoup d'hommes prennent leur décision sans même consulter leur épouse. Au moment du mariage de l'enfant, l'influence de la mère est ici beaucoup plus grande et, *de facto*, c'est souvent à elle que revient la décision finale.

La femme travaille, la femme tient la maison et élève les enfants, c'est également elle qui s'occupe des finances. Ainsi Phuoc Sang tient le livre des comptes quotidiens de la famille, c'est elle qui décide du montant à donner chaque jour à Hai pour aller au marché, c'est elle également qui décide de l'argent de poche de Hoài Nhân. Toutefois, pour de grosses dépenses telles que construire ou réparer la maison, c'est alors le mari qui en prend la responsabilité même s'il ne travaille pas. Ainsi, lorsque la famille Pham a acquis une nouvelle mobylette, même si le couple s'en est entretenu, l'initiative et la décision finale sont revenues à Ky Lam seul.

La famille de Ky Lam et Phuoc Sang n'est pas pauvre mais n'appartient pas non plus à la catégorie des nouveaux riches gagnant parfois jusqu'à plusieurs milliers de dollars américains par mois. Le couple Pham gagne environ deux millions de dôngs par mois, soit environ 1 000 francs français, et Nam Giao environ 400 000 dôngs, 200 francs, sachant que le salaire moyen à Saigon est d'environ un million de dôngs.

La société vietnamienne est une société patriarcale ; à l'extérieur c'est donc le père de famille qui représente l'autorité et qui s'exprime et agit au nom de la famille, c'est lui qui est chargé de la défendre. Toutefois, à l'intérieur du foyer, c'est bien la femme qui mène la famille. La subtilité joue là un grand rôle, car la femme doit savoir le faire sans élever le ton devant son mari ni lui donner des ordres. J'ai pu observer avec quel tact et quel sens de la persuasion Phuoc Sang parvient finalement à prendre les décisions les plus importantes sans toutefois les imposer à son mari.

La relation d'autorité qui existe au sein du couple ne saurait toutefois signifier un rapport inégalitaire. La société vietnamienne est en effet extrêmement respectueuse des droits de la femme. Les jeunes filles peuvent tout à fait suivre des études supérieures et accéder à des postes importants. À l'inverse d'autres sociétés asiatiques, elles ne font alors l'objet d'aucune discrimination.

S'agissant des relations d'un homme avec sa femme ou sa fiancée, j'avais déjà remarqué lors de mes précédents séjours au Vietnam la très grande pudeur des couples. S'il arrive souvent de voir deux sœurs ou amies se tenir par le bras ou la taille ou bien encore deux frères ou collègues main dans la main, ces mêmes personnes n'oseraient se comporter ainsi en public avec leur conjoint. Il est vrai que la libération des mœurs est aujourd'hui telle que l'on peut parfois apercevoir, à la tombée de la nuit, un jeune couple échangeant un baiser furtif sur un banc public de Saigon. Toutefois, tout ce qui touche aux relations amoureuses demeure extrêmement discret voire tabou. Lorsque j'ai parlé avec Phuoc Sang et Ky Lam, un soir en sirotant une tasse de thé dans leur salon, de cette très grande discrétion dans le domaine amoureux, ils n'ont pas hésité à aller jusqu'à me parler d'atteinte à la pudeur nationale en cas de comportement déplacé en public. Les Vietnamiens n'ont pas l'habitude et ne doivent pas exprimer leur amour devant le public. On doit toujours savoir se maîtriser ; une explosion de joie est un signe de faiblesse et constitue une véritable injure pour la famille et même, donc, à en croire Ky Lam, à toute la société. Ky Lam m'explique que pendant l'époque coloniale, les seules femmes s'abandonnant à des gestes amoureux incorrects étaient des prostituées fréquentant des Français, puis plus tard, au moment de la guerre du Vietnam, des GI américains. Kim Anh et Duc ont souri lorsque je leur ai rapporté les propos de leurs parents et se sont montrés beaucoup moins choqués et outrés, ils restent toutefois extrêmement pudiques eux aussi lorsqu'ils sont en public.

Si le couple se montre discret à l'extérieur, il doit également l'être dans la maison devant les autres membres de la famille, surtout devant les enfants. Il faut comprendre qu'une relation de couple est toujours une relation d'autorité ; si un homme fait preuve de faiblesse dans ses relations amoureuses, il perd alors de son autorité sur sa femme. La complicité et la tendresse du couple transparaissent dans des gestes ou comportements quotidiens. Ainsi Ky Lam est très à l'écoute de Phuoc Sang, il prend en compte ses initiatives, avis et opinions. Il lui consacre du temps, prenant chaque matin son petit déjeuner avec elle dans la cuisine, tandis que beaucoup d'hommes avalent une soupe à l'extérieur. Ky Lam est toujours très respectueux vis-à-vis de son épouse, son autorité est évidente mais normale dans la société vietnamienne où le mariage est avant tout une relation de soumission.

Nam Giao et rencontres
dans les rues de Saigon

Nam Giao, né en 1943, a suivi, comme son frère aîné, des études à l'école française de Pellerin à Huê. Marié et père de deux enfants, il combattait dans l'Armée du Sud, dans le corps prestigieux des Marines. Alors qu'il avait été envoyé à Quang Ngai, la terre de ses ancêtres, il marcha sur une mine le 30 mars 1972 ; il eut la chance de survivre mais perdit sa jambe gauche. Toute sa vie, toutes ses réactions et ses émotions sont encore aujourd'hui marquées par ce drame. Phuoc Sang me raconta qu'en 1972, sa femme lui témoigna peu de compassion. Accompagnée de ses enfants, elle rendit un jour visite, le 26 avril 1975, à son père, gradé de l'Armée du Sud. Nam Giao ne les revit plus jamais. Il apprit plus tard, par sa sœur Kim Long, que sa femme vivait aux États-Unis et qu'elle s'était remariée. Nam Giao n'évoqua jamais ce passé devant moi.

Aujourd'hui mutilé d'une jambe, il passe ses journées assis sur une chaise sur le trottoir de la rue Lê Van Sy, à l'entrée de la ruelle 148. Devant lui s'étale toute sa fortune personnelle : son commerce de cigarettes. Les paquets sont installés sur une sorte de petite voiturette comme on en trouve tant dans les rues de Saigon recouvertes de fruits, de sandwichs ou autres friandises. Chaque matin, c'est en boitillant qu'il pousse seul et fièrement son petit chariot jusqu'au trottoir de la rue Lê Van Sy. La fatigue qu'il n'oserait avouer de cette petite promenade le contraint à s'asseoir quelques instants sur la chaise de plastique rouge qu'il promène avec lui.

Le trottoir compte déjà plusieurs occupants lors de son arrivée et continue à en accueillir tout au long de la journée. Chacun a sa place et respecte la présence de l'autre ; il existe une solidarité entre commerçants ambulants du même trottoir : si un marchand étranger au quartier tente d'occuper la place de l'un d'eux, il sera très vite contraint, par la force s'il le faut, de déloger. Plusieurs marchandes de fruits sont accroupies sur le bord du trottoir, à côté de leur corbeille, chacune ayant sa spécialité : l'une propose ses énormes pamplemousses, l'une ses pommes cannelle et l'autre ses grappes de longanes ou fruits du dragon. Un couple arrive chaque matin dès 5 heures et s'installe à l'entrée même de la ruelle, chacun portant sur ses épaules un panier à balanciers : accroupis à même le macadam, ils préparent les plus délicieux sandwichs que j'aie pu goûter à Saigon…, les habitués affluent, l'odeur en attire d'autres. À quelques mètres de là, une femme et son fils ont installé des petites tables et tabourets en bois où plusieurs commencent la journée avec d'exquis *bánh cuôn*, crêpes de riz cuites à la vapeur et fourrées de viande et de soja ; chaque fois que le petit garçon soulève le couvercle de son immense marmite d'aluminium, sa tête disparaît dans un nuage de vapeur puis réapparaît le sourire aux lèvres. Le monde que côtoie Nam Giao, fait de cyclos, enfants vendeurs de soupes ou autres mutilés, est beaucoup plus populaire que celui de son frère aîné.

Pendant que tout ce petit monde s'agite, Nam Giao commence son premier travail du matin, le plus important à ses yeux : il range avec une méticulosité rare ses paquets de cigarettes ; je le regarde aligner ses paquets de 555, « Saigon », Marlboro, Gauloises, Craven A et autres avec une précision qui semble se jouer au millimètre près... Une fois ce travail terminé, Nam Giao s'installe pour la journée, il abandonne son air sérieux, de mise il y a encore quelques minutes, pour rire, blaguer, discuter avec ses voisins de travail. Et surtout, il allume la première des nombreuses cigarettes qu'il grillera tout au long de la journée. Tandis qu'un jour, le petit Hoài An avait accompagné son oncle, l'enfant avait insisté pour allumer lui-même sa cigarette, il avait ensuite dirigé l'allumette encore enflammée vers la cigarette d'un client, et tandis qu'il avançait fièrement et avec beaucoup d'attention cette même flamme vers Quân, un gamin de quatorze ou quinze ans vendant des journaux français et anglais récupérés à l'aéroport, Nam Giao saisit vivement le bras de l'enfant. Son neveu le regarda interdit ; je devais paraître aussi surprise que Hoài An. Nam Giao s'expliqua : il avait assisté à un combat meurtrier près de Quang Ngai, un homme s'était ainsi dépêché d'allumer trois cigarettes avec une même allumette, le troisième fumeur était mort d'une balle dans la tête ; ceux qui nous entouraient acquiesçaient, ils connaissaient l'histoire de Nam Giao, ils comprenaient et respectaient sa superstition.

Seul Hoài An contemplait tristement ses mains vides. Encore aujourd'hui, toute la vie des Vietnamiens qui ont connu la guerre, leurs actes les plus quotidiens sont marqués par les drames qu'ils ont connus.

Une rue commerçante de Saigon est toujours étonnante par l'effervescence qui y règne. Les alentours du marché Cho Nguyên Van Trôi sur la rue Lê Van Sy bouillonnent de monde, des petits commerçants sont installés souvent à même le trottoir et des clients vont et viennent. Les activités déployées autour de Nam Giao évoluent au long de la journée, les marchands de sandwichs quittent l'entrée de la ruelle dès 8 heures ou 8 heures 30 du matin, le marchand de soupe les suit de près. Arrivent alors dans la matinée Phuóc et sa femme Ngoc Anh qui préparent jusqu'au soir très tard des *mì xào dòn* (nouilles de blé croustillantes). Puis, plus près du marché, les deux sœurs Lan et Phuong étalent sur une grande planche de bois posée sur trépieds des produits achetés à des grossistes de Cholon, quartier chinois et commerçant de Ho Chi Minh Ville, essentiellement des produits en plastique, des tabourets, cuvettes et toutes sortes de récipients, des savates, quelques ventilateurs… La vieille madame Mùa reste toute la journée derrière son petit commerce de sandwichs. Et Long, mécanicien depuis quelques années, s'installe très tôt sur le trottoir avec tous ses outils pour réparer chambres à air et freins… Des enfants, parfois encore très jeunes, errent ici et là, certains vendent des journaux, des cigarettes, des billets de tombola. Des mendiants ont également leur place ici, ils essaient d'obtenir quelque menue monnaie des clients arrivant au marché.

Grâce à Nam Giao, j'ai pu découvrir et mieux connaître ce monde de la rue. Au départ semble-t-il homogène, ce groupe de personnes vivant et travaillant dehors connaît lui aussi, comme le reste de la société, une hiérarchisation en différentes catégories sociales. Le cloisonnement semble toutefois moins important. Issu de bonne famille et cultivé, Nam Giao est très respecté mais il n'hésite pas à se lier d'amitié avec des vendeurs moins « importants », à parler, plaisanter et même partager un repas avec une personne issue d'une couche sociale moindre. Seuls les mendiants indésirables semblent mis de côté et évités ; tels de pauvres hères, ils sillonnent les environs du marché à la recherche de quelques milliers de dôngs ; on leur adresse parfois la parole mais jamais plus.

Nam Giao m'expliqua que la plupart des pauvres et des mendiants viennent des « zones économiques nouvelles ». Le régime communiste s'inspira en 1975 des modèles soviétique et chinois pour envoyer, de force, des Sudistes généralement attachés à l'ancien régime [12] dans des zones inhabitables, appelées *kinh tê moi* (zones économiques nouvelles), afin d'y travailler la terre. Obligées avant leur départ de signer un acte par lequel elles remettaient à l'État leurs propriétés de Saigon, les personnes concernées se virent attribuer une petite parcelle, parfois au beau milieu de la jungle. Beaucoup étaient donc originaires de grandes villes et ne savaient ni défricher ni cultiver la terre. Très vite, la situation se révéla catastrophique, la pauvreté était parfois telle que

---

12. Essentiellement les militaires logeant dans les casernes du Sud et les mutilés de guerre.

beaucoup sont morts de faim, de maladie et de fatigue, d'autres ont choisi, à partir de 1978, de tenter de revenir à Saigon. Beaucoup d'entre eux, privés de tous biens, n'ont pu alors que recourir à la mendicité, certains sont devenus domestiques, des jeunes filles ont été réduites à la prostitution. Cette frénésie permanente des rues de Saigon est donc le reflet d'une multitude d'histoires personnelles.

Ancien sous-officier de l'Armée du Sud, Phuóc, le vendeur de *mì xào dòn*, vivait autrefois dans une caserne militaire de Saigon avec sa femme Ngoc Anh et leurs trois enfants. En 1975, ils ont été envoyés à la campagne dans la province de Sông Bé. Très vite acculés à une situation de pauvreté extrême, ils ont décidé de revenir à Saigon en 1981. Les premiers mois furent très durs puis ils parvinrent à gagner un peu d'argent en achetant des produits à des grossistes de Cholon qu'ils revendaient ensuite. En 1991, ils ont réussi à s'acheter une petite carriole avec laquelle ils vendent maintenant leurs assiettes de *mì xào* ; leurs deux enfants survivants ont même pu aller à l'école normalement.

Lan et Phuong, âgées de dix-huit et dix-neuf ans, vivent avec leur mère dans une cabane en bois et en tôle le long d'un arroyo du district de Bình Thanh. Elles font vivre le foyer grâce à leur petit commerce et aident leur mère à payer l'école aux trois petits frères. Elles sont gaies, leurs sourires illuminaient mes matinées, l'une ou l'autre avait toujours le nez plongé dans un livre, en général un roman d'amour. Elles me demandaient souvent de venir leur parler de la France, elles me posaient mille et une questions, Nam Giao intervenait alors pour traduire mes réponses.

Elles écoutaient en riant, en caressant mes bras et répétant à chaque fois qu'elles n'avaient jamais vu une peau si blanche... Souvent elles attendaient mon passage et me réservaient alors toujours une petite surprise : un yaourt frais, un fruit ou encore un gâteau au soja.

Dès qu'elle me voyait me diriger vers elle, la vieille Mùa me faisait de grands gestes et commençait à me préparer un sandwich. À chaque fois la même scène se répétait, elle me montrait du doigt ce qu'elle allait mettre à l'intérieur du pain : jambon, pâté, carottes et concombres finement coupés, fromage « La vache qui rit », différentes herbes, me proposant toujours du piment que je refusais. Pendant qu'elle préparait mon sandwich, elle me demandait inlassablement mon âge, si j'étais mariée et combien j'avais d'enfants. Nam Giao m'accompagnait souvent et me permit de comprendre au fil des jours que Mùa, veuve depuis très longtemps, avait perdu ses deux fils à la guerre. Sa seule fille vit avec son mari mutilé d'une jambe et d'un bras près de Di Linh, où ils ont été envoyés en 1975. Comme beaucoup de Saigonnais, Mùa est originaire du Nord qu'elle a quitté en 1954.

Nam Giao est très aimé des enfants : cireurs de chaussures ou vendeurs de journaux ont tous passé sur son unique genou et ont tous connu ses colères. Tous les matins, le jeune Tho vient saluer son vieil ami. Tho a passé plusieurs années de son enfance à fouiller dans les poubelles à la recherche d'objets en plastique, de sacs en nylon, de tous produits recyclables. Depuis 1994, il vend des cartes postales et des journaux étrangers dans le premier district, on le croise souvent près de la cathédrale et de la poste ou dans les rues Dông Khoi et Nguyên Huê près de l'hôtel de ville. Âgé de treize ans, il en paraît à peine dix tant il est petit. Les cheveux en bataille, vêtu de son tee-shirt déchiré, d'un short et de savates en plastique, il fume fièrement sa cigarette dès huit heures du matin. Sa famille vit pauvrement dans le quartier de la gare.

Hiên et Xuân sont deux frères âgés de huit et dix ans. Xuân, l'aîné, a sa petite valise de cireur de chaussures et Hiên le suit en essayant de vendre des chewing-gums à l'unité. Ils vivent avec leur père et leur grand-mère paternelle, leur mère est morte en mettant au monde leur petite sœur. Le père est au chômage, la grand-mère est vieille et malade, la petite sœur a été adoptée par un couple belge. Nam Giao me raconte que la somme reçue par le père au moment de l'adoption a disparu dans la boisson et le jeu. Les deux petits garçons ne connaissent pas le chemin de l'école, ils parviennent à survivre et à acheter un peu de nourriture à leur grand-mère grâce à leurs activités. Ils proposent surtout leurs services sur les terrasses de café, ils errent chaque matin dans le quartier de Lê Van Sy où parfois certains se font cirer leurs souliers avant d'aller travailler. Puis comme beaucoup, les enfants se dirigent vers le premier district. Avec Nam Giao, je les ai un jour accompagnés dans leur périple quotidien. Ils restent surtout autour de la cathédrale, sillonnant toutes les petites rues adjacentes. Je me souviens notamment d'un petit café situé rue Lê Van Huu, donnant sur le boulevard Lê Duân ; il est fréquent d'y trouver des clients en train d'y boire un verre de lait frais ou de déguster des yaourts faits maison, prêts à confier leurs souliers à Xuân. Nam Giao m'expliqua que tous ces enfants travaillant la journée, comme Xuân et Hiên, le font en fait pour le compte d'un homme, d'un chef s'apparentant plus au proxénète qu'à un simple patron. Ces hommes s'occupent de toutes les autorisations nécessaires pour que les enfants exercent dans la rue, ils leur donnent le matériel ou les produits dont ils ont besoin puis exigent d'eux un certain chiffre d'affaires sur lequel ils leur reversent ensuite un salaire de misère. Nam Giao est révolté par une telle exploitation tout en reconnaissant que ces enfants ont en tout cas le sentiment d'avoir gravi un nouvel échelon social depuis le temps où ils mendiaient.

Sur les trottoirs de la rue Lê Van Sy et aux abords du marché Nguyên Van Trôi, plusieurs cyclos attendent leurs clients, assis sur le siège avant, faisant la sieste ou lisant un journal. Dès que le client arrive, le cyclo bondit à terre et commence à débattre du prix. Chacun connaît le tarif de la course mais systématiquement le cyclo annoncera un montant plus élevé et le client marchande toujours avec un réel acharnement. S'il s'avère que le client est étranger, le prix annoncé est alors multiplié à l'excès. Une fois le prix fixé, le cyclo baisse son véhicule en montant l'arrière avec ses deux mains afin que son passager puisse s'installer, il disparaît alors dans la circulation, pédalant avec une certaine nonchalance, sa main freinant à l'aide d'une petite manette sur la droite. Il revient souvent à sa place au bout de quinze ou trente minutes, parfois on ne le revoit pas de la journée.

Chacun de ces cyclos a également sa propre histoire. Les quatre qui stationnent généralement près de l'étal de cigarettes de Nam Giao ont tous un parcours différent. Long, âgé de cinquante-deux ans, était soldat de la Marine de l'Armée du Sud avant 1975 et comme beaucoup d'autres, il a été envoyé avec sa famille dans une zone économique nouvelle, dans la province de Dông Nai ; depuis cette date, ils vivaient misérablement sur leur petit lopin de terre, l'un des trois enfants est mort d'une mauvaise fièvre. En 1993, Long est venu à Saigon pour tenter de gagner un peu d'argent, sa femme et ses deux filles sont restées à la campagne et ne le rejoindront que lorsqu'il en aura gagné suffisamment. Lâp vient lui aussi de la campagne, de My Tho dans le delta du Mékong ; âgé de trente-trois ans, il vit dans une cabane sur le bord d'un canal. Duc, père de quatre enfants, travaille le matin dans une collective de vannerie et l'après-midi enfourche son cyclo. Lâm a dix-neuf ans, il est l'aîné de sa famille et doit aider sa mère depuis la mort de son père en 1992 ; il sait à peine lire et écrire.

Le soir, deux autres cyclos arrivent près du marché Nguyên Van Trôi pour commencer leur deuxième travail de la journée. En effet ce sont des fonctionnaires qui viennent de terminer leur journée à l'hôpital. Gagnant des salaires de misère, ils arrondissent ainsi leurs fins de mois. Nam Giao me raconta qu'au début tout le monde se méfiait beaucoup d'eux mais qu'avec le temps, ils appartiennent maintenant à ce monde très particulier de la rue Lê Van Sy.

La fierté de son rang social

Tandis qu'un soir, Nam Giao rentrait à la maison, visiblement éméché par quelques canettes de bières de trop, Ky Lam commença à lui assener des reproches. Le ton monta très vite et l'aîné se mit à crier que son cadet avait perdu toute la fierté de son rang et qu'il bafouait l'honneur et l'image de la famille. Ky Lam et Phuoc Sang sont très fiers et très attachés à l'origine aristocratique de leur famille. Quand bien même l'aristocratie et la noblesse sont des notions historiques et surannées pour le Vietnam actuel, les familles qui ont de telles origines conservent un réel attachement et une grande fierté de cette appartenance à une classe élevée. La famille Pham est de celles-là. Ils tiennent à ce que leurs enfants suivent de brillantes études et appartiennent à la branche des intellectuels. Ils m'ont ainsi expliqué qu'ils ne souhaitaient fréquenter que des personnes appartenant à « leur » rang ; ainsi ils eurent beaucoup de mal à accepter le mariage de Kim Anh avec Duc, fils d'un chauffeur de bus. Duc s'est enrichi grâce à son magasin de cassettes vidéo mais n'a pas suivi d'études supérieures à l'université. De même, ils veillent aux fréquentations de leurs fils.

Seul Nam Giao semble avoir quelque peu perdu la fierté de son rang. Toujours respecté comme un notable par les petits vendeurs de rue qui le côtoient chaque jour, il se laisse toutefois souvent aller à quelques débordements inacceptables pour l'image de la famille. Pour avoir longuement discuté avec Nam Giao, j'ai compris que sa situation de mutilé était pour lui un fardeau permanent fait de honte et de frustrations. Abandonné par sa femme, il ne peut plus désormais envisager une vie de couple normale ; handicapé, il ne peut exercer de profession honorable. Réduit à vendre quelques paquets de cigarettes sur le trottoir, il m'a confié un jour être conscient de déshonorer la mémoire de son père et de ne plus être digne de ses ancêtres et de son frère aîné.

Dans cet état d'esprit, il se laisse aller à des plaisirs et vices indignes de son rang. Les reproches de Ky Lam portent toujours sur cet aspect. Nam Giao doit respecter l'honneur et l'image de la famille.

La notion de rang social est très importante pour les Vietnamiens surtout s'ils appartiennent à une famille dont le rang était élevé et respectable [13]. Les différentes catégories sociales sont *de facto* assez cloisonnées, une personne issue d'un niveau social et intellectuel élevé ne se liera pas facilement avec quelqu'un de plus pauvre et peu cultivé. Les Vietnamiens jugent souvent les autres d'après leur niveau intellectuel et social, par conséquent ils savent

---

13. Même si ce rang n'était élevé que dans le passé, chacun reste attaché à l'histoire de sa famille et de son rang.

toujours poser de petites questions, apparemment insignifiantes, en fait destinées à tester en quelque sorte l'intelligence et la culture de l'autre ; j'ai moi-même ainsi été souvent « testée » : des petites remarques de prime abord anodines ne cherchaient en fait qu'à éprouver le degré de vivacité de mon esprit... Dès que l'on entre en contact avec un milieu intellectuel vietnamien, il faut se préparer à être jugé, jaugé, évalué mais dès lors que le test a réussi, une confiance réelle et durable s'instaure.

Traditionnellement, on plaçait les lettrés au sommet de la pyramide sociale puis venaient les agriculteurs, les artisans et enfin les commerçants. La période coloniale a maintenu les lettrés au plus haut échelon mais les artisans et commerçants devançaient les agriculteurs. Au moment de l'indépendance, le Sud-Vietnam a continué à penser la société selon cette échelle, mais au Nord-Vietnam, le système communiste plaça les artisans et ouvriers avant les agriculteurs, lettrés et commerçants. L'extension du communisme au Sud du Vietnam, en 1975, a de nouveau bouleversé l'échelle de valeurs applicable au Sud. Si les lettrés continuent d'être l'objet du plus grand respect, les commerçants ont devancé les artisans et enfin les agriculteurs. Beaucoup de Saïgonnais se sont considérablement enrichis ces dernières années grâce au commerce et aux affaires, l'arrivée de ces nouveaux riches bouleverse à nouveau l'échelle des valeurs. Les commerçants accèdent maintenant au sommet de la pyramide sociale. Le système social actuel est tel que les plus respectés, les lettrés, sont les moins rémunérés ; ils sont donc obligés d'exercer un autre métier parallèle pour pouvoir survivre, parfois même de conduire un cyclo-pousse dans les rues de Saigon. La conception traditionnelle de rang social a donc été malmenée par les événements politiques. Les métiers intellectuels ne sont plus les mieux payés mais les lettrés demeurent fiers de leur qualité et souhaitent préserver leur rang.

Les Vietnamiens pensent que même appauvrie, une famille doit savoir garder la tenue de son rang. Le sentiment de fierté et d'orgueil est toujours présent. Être digne de son rang implique une apparence extérieure toujours soignée. Même s'ils ne possèdent pas beaucoup de vêtements, les membres de la famille Pham ont toujours une tenue propre et soignée. La mode vestimentaire tend de plus en plus à imiter les modèles occidentaux. Le *áo dài* reste toutefois la tenue nationale pour les femmes, le pantalon habituellement noir est maintenant blanc pour les jeunes filles. Le célèbre chapeau conique est totalement abandonné par les jeunes saigonnais, seuls sur les marchés les vendeurs venus de la campagne le portent encore ainsi que quelques personnes originaires du Centre ou du Nord. Les femmes vietnamiennes sont extrêmement coquettes ; Phuoc Sang se maquille légèrement, elle utilise du fond de teint pâle afin d'éclaircir sa peau. Les parures peuvent également constituer d'importants signes de richesse. Ainsi les femmes vietnamiennes, d'un certain niveau social, aiment se parer de bijoux précieux et de véritables pierres. L'apparence est donc tout à fait essentielle.

Les membres d'une famille d'origine noble, même s'ils ont suivi de hautes études, choisissent toujours d'exercer leur profession dans le secteur tertiaire au sein duquel s'organise également une hiérarchie. Même dans les moments les plus durs du nouveau régime, Phuoc Sang ne voulait pas, selon ses propres termes, « perdre la face » en vendant sur le marché des bricoles sans valeur, elle s'est tenue à la vente au marché noir de médicaments. Même parmi les vendeurs de rue, s'établit *de facto* une hiérarchie sociale selon la nature des produits vendus. L'endroit où ils s'installent est alors différent.

L'ambition sociale, qu'elle soit professionnelle, pécuniaire ou autre, semble animer tous les Vietnamiens. Ils veulent, avant toute autre chose, réussir socialement et être reconnus ; selon les desseins de chacun, certains cherchent une reconnaissance intellectuelle, d'autres plus matérialistes souhaitent être respectés à la hauteur de leur richesse financière, mais de toute façon, tous courent après une reconnaissance. Leur ambition démesurée s'étend naturellement à leurs enfants et en premier lieu à leur réussite à l'école ; Ky Lam et Phuoc Sang surveillent étroitement les devoirs de leurs fils car un échec scolaire serait vécu par les parents comme une humiliation personnelle et familiale.

Bien plus qu'un simple sentiment de supériorité sociale, il s'agit d'une conception intrinsèque à la société vietnamienne. Toute la pensée vietnamienne s'est construite avec une influence certaine de la philosophie chinoise. Or la conception chinoise antique de la répartition de l'espace entre les hommes est particulièrement éclairante pour comprendre le concept de hiérarchisation sociale, l'espace réel n'existe qu'en tant qu'espace socialisé [14]. La société est représentée par plusieurs espaces hiérarchisés symbolisés par des carrés totalement fermés les uns par rapport aux autres ; au centre se trouve le royaume autour duquel plusieurs carrés emboîtés représentent le domaine impérial, celui des seigneurs et celui de la paix, les espaces suivants ne sont pas civilisés, nous sommes alors dans le domaine de la contrainte (barbares Yi et bannis) puis dans le domaine inculte (les barbares Man et les peuples errants). Autour du centre sacré, se pressaient les aristo-crates. « L'appartenance de barbares dans l'espace socialisé est [...] la marque d'une dysharmonie entre l'ordre terrestre et l'ordre cosmique [15]. »

De plus, le territoire, l'espace vital d'un peuple, doit être homogène, ce qui signifie qu'il ne peut être par-tagé avec d'autres peuples. La présence d'étrangers, de non-Han pour la Chine et non-Viêt pour le Vietnam, n'est donc pas possible, seule une assimilation de l'élé-ment étranger peut alors restituer la nécessaire homo-généité du territoire. L'histoire ancienne l'atteste pour les Cham ainsi que la situation actuelle pour les monta-gnards, minorités ethniques des hauts plateaux du Centre et du Nord du Vietnam, que les autorités viet-namiennes tentent d'assimiler culturellement.

Peu de Vietnamiens connaissent cette philosophie chinoise antique mais elle est pourtant imprimée en cha-cun d'eux et se retrouve dans tous leurs comportements.

---

14. Voir Qian Sima, *Mémoires historiques*, trad. Chavannes, tome I, Paris, E. Leroux, 1905, p. 146 ; F. Thierry, « Empire et minorité en Chine », in les *Minorités à l'âge de l'État-nation*, ouvrage collectif du Groupement pour le droit des minorités, Fayard, 1985, 321 p., p. 126-127.
15. F. Thierry, *op. cit.*, p. 127.

Hoài Nhân, jeunesse à Saigon

Appartenant à une famille cultivée et d'origine aristocratique, Hoài Nhân est conscient de son rôle de fils aîné et est très respectueux des traditions. Il assume avec sérieux son rôle d'aîné en surveillant notamment de manière étroite son petit frère mais surtout en respectant les enseignements de son père sur les traditions familiales et culturelles à suivre. C'est lui qui héritera en premier lieu du culte des ancêtres et qui sans doute restera dans la maison familiale et qui s'occupera de ses parents et de son oncle.

Mais même si Hoài Nhân est extrêmement respectueux et obéissant envers ses parents, il reste néanmoins un jeune homme de vingt ans immergé dans la modernité déferlante de Saigon. La jeunesse saigonnaise actuelle se déchaîne dans une sorte de tourbillon de folie. L'apparence extérieure et l'argent y occupent une place essentielle.

Hoài Nhân sort quelquefois en semaine mais doit alors rentrer de bonne heure car il se rend chaque matin à l'université d'économie. Il rejoint quelques amis dans un café où ils boivent un verre en écoutant de la musique chinoise ou américaine. En fin de semaine, il enfourche sa mobylette après le dîner où il se doit d'être présent, il s'engouffre dans la vie nocturne de Saigon et ne rentre souvent que tard dans la nuit. Il est alors très élégant, les cheveux parfaitement coiffés, il porte une chemise blanche, un pantalon foncé et des souliers de cuir. Quelques semaines après mon arrivée, il me proposa de l'accompagner. Nous rejoignions ses amis, une dizaine de jeunes hommes seuls ou accompagnés de belles jeunes filles, sur une place, à l'angle des rues Pham Ngoc Thach et Vo Van Tân. La place est entourée de cafés bondés de gens venus siroter une bière ou se rafraîchir avec un jus de coco. Nous nous installons à une terrasse. Le mouvement incessant des mobylettes est étonnant, des dizaines et des dizaines de jeunes gens défilent dans un ballet de deux-roues sur un fond sonore de moteurs pétaradants. Je m'interroge sur la destination de tous ces voyageurs de la nuit ; Hoài Nhân me répond qu'ils vont s'amuser, au café, en boîte de nuit, chez des amis... La jeunesse de Saigon me donne alors l'impression, plus que jamais, de vouloir profiter de l'instant présent, de le vivre pleinement sans véritablement se préoccuper de l'avenir ; parmi les gamins des rues se faufilant pour essayer de vendre une cigarette ou un paquet de mouchoirs en papier, cette jeunesse plus aisée veut oublier les cicatrices qui marquent le Vietnam et profiter de la Saigon moderne de cette fin de siècle. Face à un avenir incertain, la jeune génération préfère choisir le *carpe diem*, vivre au jour le jour...

Objet de toutes les curiosités, je participe évidemment à la conversation mais tout en observant ce petit groupe réuni autour de moi. Tous les jeunes gens présents ont moins de vingt-cinq ans, manifestement ils détournent mes questions et ne veulent pas parler ni même penser au passé, aux guerres qui ont déchiré leurs familles, à ces guerres qui hantent encore aujourd'hui le quotidien de leurs parents. Ils sont nés et ont grandi sous le communisme, ils ne veulent plus entendre parler de politique. Les amis de Hoài Nhân m'expliquent qu'ils veulent seulement vivre, profiter de leur jeunesse et s'amuser. Lorsqu'ils me parlent de l'ouverture de leur pays, ils évoquent d'abord les nouvelles richesses et produits de luxe rendus accessibles ces dernières années. Alors qu'un gamin âgé de quatre ou cinq ans me réclame quelques milliers de dôngs, Hoành, un ami de Hoài Nhân, sort de sa poche un téléphone portable qui vient d'émettre une petite sonnerie stridente… Le fossé entre cette jeunesse bourgeoise et une frange de la population de plus en plus pauvre se creuse un peu plus chaque jour.

La soirée avance, à partir de 22 heures les personnes venues profiter en famille de la fraîcheur du soir rentrent chez elles. À 23 heures, les terrasses commencent à se vider, notre groupe décide alors de se rendre à un autre endroit. Enfourchant à nouveau nos mobylettes, nous nous dirigeons vers le cœur de Saigon, nos moteurs s'arrêtent devant l'incontournable discothèque Apocalypse Now… Les boîtes de nuit se multiplient dans le centre de Saigon, le rythme sourd et abrutissant de la musique résonne jusque dans la rue.

J'ai ainsi accompagné à plusieurs reprises Hoài Nhân et ses amis à d'autres soirées en discothèque mais surtout à des promenades ou après-midi passés au café. Derrière l'agitation des grandes avenues, se cachent de charmants cafés aux cours intérieures ombragées dont la fraîcheur est appréciable dans la moiteur de Saigon. Des ampoules électriques colorées et clignotantes donnent un aspect quelque peu kitsch à l'ambiance. Assis sur des chaises basses tressées de plastique rouge, toute la petite bande discute, rit, écoute de la musique, se laisse parfois aller aux plaisirs du karaoké…

Tout au long de ces heures passées avec Hoài Nhân et ses camarades, j'ai pu constater que même si la culture traditionnelle trouve toujours sa place, la modernité et le luxe envoûtent la nouvelle génération de Saigon. Elle semble plus assoiffée d'argent que de se battre comme leurs parents pour la liberté. Cette jeunesse veut vivre pleinement; enivrée par ses ballets incessants de hondas, elle est heureuse de pouvoir boire du coca cola, de fumer des cigarettes américaines, de porter des vêtements de marque étrangère. Tout est dans l'apparence, montre et gourmette en or massif sont les meilleurs atouts pour un jeune homme voulant séduire une jeune fille.

Hoài An, enfance à Saigon

De multiples enfances se côtoient dans les rues de Saigon : certains gamins sont cireurs de chaussures, vendeurs de journaux, de cigarettes ou de billets de tombola, certains mendient ou même en viennent à voler pour survivre, d'autres encore sont les victimes des perversités sexuelles des touristes étrangers ou hommes d'affaires asiatiques.

Tous ces enfants, rarement scolarisés, ont pour seule école celle de la rue. Ces enfants existent et ils sont nombreux à déambuler dans les rues de Saigon, comme des adultes ils se battent pour vivre sans avoir pourtant totalement perdu l'innocence de l'enfance.

L'enfance de Hoài An n'a rien à voir avec ce triste tableau. Gâté et choyé, il a la chance de vivre une enfance véritablement insouciante. Il va à l'école tous les matins et passe le reste de la journée entre la pharmacie de sa mère, l'étal de cigarettes de son oncle et… la ruelle où il se livre aux pires bêtises avec les enfants du quartier. Les heures passées avec ce joyeux gamin dans les dédales des ruelles m'ont fait découvrir un autre monde, l'univers des enfants de la rue, non pas des enfants y mendiant et y travaillant mais des bambins n'ayant rien d'autre à faire que d'y jouer.

Nous avons ainsi passé des heures à chercher sur le sol des capsules de bouteilles et de canettes, montant une collection inégalable. L'occupation essentielle des petits garçons semble être de traquer les insectes ou lézards pour leur faire subir les pires supplices...

C'est Hai qui prépare Hoài An le matin, elle le réveille, le lave et l'habille. Comme tous les petits écoliers que l'on croise dans les rues de Saigon, il est splendide dans son uniforme fait d'un pantalon bleu marine et d'une chemisette blanche fermée jusqu'en haut. Il avale en grommelant une soupe de riz avant de partir. Si son père ou son frère sont encore là, l'un d'eux l'emmène à l'école rue Hai Bà Trung ; il s'assoit alors fièrement devant son chauffeur et pose ses petites mains sur le guidon. Arrivé à son école, il dit au revoir de la main et avance, son cartable sur le dos, vers la salle de classe. Hoài An travaille très bien à l'école sans pourtant beaucoup faire d'efforts. Hoài Nhân surveille chaque jour ses devoirs, et deux après-midi par semaine le petit garçon doit assister aux cours donnés par son père à la maison.

La chaleur et la convivialité de la ruelle font que tous les enfants passent l'essentiel de la journée dehors. À peine rentré de l'école, Hoài An ôte bien vite son uniforme et traîne en short, tee-shirt et savates ; après avoir avalé rapidement un repas et fait une petite sieste imposée par Hai, il se précipite dehors rejoindre ses camarades. On entend régulièrement, tout au long de la journée, mamans ou nourrices crier après l'un ou l'autre mais il est fréquent qu'un enfant, même jeune, puisse être absent plusieurs heures de la maison sans que les adultes ne s'en alarment outre mesure, on sait que le voisin ou les enfants plus âgés du quartier veillent sur lui. Ainsi, il arrive très souvent que l'on ne voie pas Hoài An durant des après-midi entiers, il réapparaît le soir un peu avant le dîner, sale et ébouriffé. Avant le retour de Phuoc Sang, Hai le traîne jusqu'à la douche malgré ses appels au secours.

Amusés par ma présence dans leur petit univers et sans doute aussi de mon intérêt pour celui-ci, Hoài An et ses amis m'ont entraîné à plusieurs reprises dans leurs aventures. L'une des plus mémorables est sans doute la soirée du 12 juin 1997, le quartier était comme souvent touché par une panne d'électricité, aucune lumière ni télévision ne pouvait donc fonctionner. Ky Lam et Phuoc Sang dînaient exceptionnellement à l'extérieur et Hoài Nhân avait rejoint quelques amis, Hoài An obtint l'autorisation de Hai pour sortir dès lors qu'elle sut que je l'accompagnerai. Une ribambelle de bambins âgés de six à douze ans nous attendait, ils m'entraînèrent dans des ruelles débouchant sur d'autres ruelles puis sur de plus grandes artères. Finalement, sans trop savoir comment, je me retrouvais dans le quartier de la gare ferroviaire. Tous mes compagnons d'un soir discutaient, riaient en s'échangeant coups d'œil et coups de coude complices, Hoài An me tenait fièrement la main. Je me demandais où on allait, tous s'arrêtèrent enfin devant une maison, chacun tentant de s'accrocher tant bien que mal aux barreaux en fer de la fenêtre pour regarder à l'intérieur. Très vite, la curiosité m'emporta, je m'avançais moi aussi près de la fenêtre si convoitée : pendu d'une main à une maison inconnue, tel un petit mendiant,

Hoài An bravait les interdits paternels de ne pas quitter la ruelle 148 pour regarder la télévision ! Tous les enfants sont ainsi restés, en faisant des contorsions surprenantes, pendant plus d'une heure, pour regarder la fin du film.

Une lettre des États-Unis !

Un jour, alors que Ky Lam venait de finir sa sieste, nous eûmes la visite d'un homme qui sortit de sa poche une enveloppe venant de l'étranger. L'homme posa de multiples questions, Ky Lam ouvrit l'enveloppe, qui manifestement avait déjà été ouverte et recollée, afin de le convaincre qu'il ne s'agissait que d'une simple lettre de sa fille aînée vivant aux États-Unis. Les soupçons du visiteur ne purent toutefois se dissiper qu'à la vue de quelques billets…

Je venais de faire connaissance avec un personnage assurément très important du quartier, le policier chargé de surveiller ses habitants et de faire des rapports aux autorités compétentes sur tout comportement particulier ou répréhensible. À travers les policiers de quartier, les autorités communistes veulent pouvoir contrôler tous les citoyens.

Il arrive fréquemment qu'une famille paie le policier pour qu'il se taise sur une activité frauduleuse, un événement douteux ou une visite compromettante. Ainsi Phuoc Sang a réussi à obtenir son silence sur son commerce où elle vend parfois des produits prohibés tels que des tranquillisants ou au contraire des euphorisants achetés par des drogués. Phuoc Sang change également des dollars américains sans avoir déclaré cette activité. Mais de manière générale, le policier demeure suffisamment discret pour que l'on ne remarque pas son omniprésence.

Chaque lettre en provenance des États-Unis est lue et relue avec beaucoup d'émotion par chacun des membres de la famille. Kim Phúc est leur grande fierté, le regard de ses parents brille lorsqu'ils me déclarent qu'elle est ingénieur informatique en Californie et qu'elle travaille à Silicon Valley. Mais Kim Phúc leur manque, elle n'a pas grandi auprès de ses frères et sœurs.

Nombre de Vietnamiens ont quitté le pays tout au long des années soixante-dix et au début des années quatre-vingt par la voie des mers. Certains de ces *boat people* ont péri comme le frère de Phuoc Sang, beaucoup d'autres ont réussi leur difficile voyage et vivent maintenant aux États-Unis, au Canada, en Australie ou en Europe. Il était alors fréquent qu'une seule personne se sauve, espérant faire venir ensuite le reste de la famille au titre du regroupement familial. Il arrivait également que des parents confient l'un de leurs enfants à une personne ou un groupe envisageant de se sauver, c'est ce que fit Phuoc Sang en 1979 pour Kim Phúc. À cette époque, chacun essayait de se sauver, de quitter le pays. Envoyer ainsi un enfant encore très jeune dans une telle aventure ne saurait en aucun cas signifier une totale inconscience ou un manque d'amour maternel, assimiler un tel acte à un abandon serait ne rien comprendre à la mentalité vietnamienne et à ce qu'a traversé le peuple vietnamien dans l'histoire récente.

Comme tous les parents du monde, les Vietnamiens souhaitent avant tout le bonheur et la réussite de leurs enfants, ils sont prêts pour y parvenir à faire d'énormes sacrifices et même à se séparer d'eux. C'est donc ainsi que, persuadée que sa fille pourrait se construire un bien meilleur avenir à l'étranger, Phuoc Sang, à l'époque seule responsable de la famille, confia sa fille aînée à une famille du quartier ayant décidé de partir comme *boat people*. À tout juste dix ans, la petite Kim Phúc partit avec pour seul bagage l'adresse, soigneusement apprise par cœur, de sa tante paternelle Kim Long émigrée aux États-Unis avec sa famille depuis 1975. Le radeau sur lequel elle s'embarqua vogua plusieurs jours sur la mer de Chine avant d'être recueilli par un bateau de pêche philippin. Elle ne parvint aux États-Unis qu'après plusieurs mois de transit dans un camp de réfugiés sur l'île de Palawan. Sans nouvelles, Phuoc Sang la crut morte. Treize mois après son départ, elle reçut enfin une lettre de sa belle-sœur. La petite Kim Phúc avait réussi cet incroyable pari de traverser le monde seule à dix ans, elle était vivante.

Syncrétisme et piété catholique
des Pham

La religion occupe une place importante dans la vie quotidienne de la famille. Non seulement les Pham se rendent à la messe chaque dimanche mais des gestes rituels sont respectés chaque jour. Ainsi aucun repas ne peut être commencé sans que chacun ait fait son signe de croix. Je n'ai jamais vu Ky Lam, son épouse ou Hoài Nhân se coucher mais je sais que le petit Hoài An doit toujours réciter une prière avant de s'endormir.

Un autel des ancêtres trône dans le salon de la maison de Ky Lam. Ce culte bien trop souvent associé uniquement au bouddhisme est également pratiqué par beaucoup de catholiques et notamment par la famille de Ky Lam. Il repose sur la croyance que l'âme du défunt survit après la mort et protège ses descendants. Tous les Vietnamiens ont toujours pratiqué et pratiquent encore ce culte ; on dit que même les athées les plus convaincus et membres du parti communiste vietnamien se prosternent devant l'autel de leurs ancêtres... Dans chaque maison vietnamienne, l'autel occupe une place importante. Il est évidemment différent selon la religion de la famille et est généralement plus discret chez les catholiques. On y trouve au centre, selon les croyances de la maison, Jésus ou Bouddha. Chez Ky Lam, les photos des parents disparus sont disposées de part et d'autre du Christ.

Ky Lam et les siens ne rendent pas le culte des ancêtres exactement comme les bouddhistes le font mais y demeurent toutefois très fidèles. Le jour de l'anniversaire de la mort du père de Ky Lam, plusieurs personnes, cousins et amis, sont conviées pour le déjeuner ; avant le repas, Ky Lam récite une prière debout devant l'autel, puis tout le reste de la famille l'imite. Aucune offrande n'est faite aux génies, comme on pourrait le voir dans une famille boud-dhiste, mais on allume des cierges et des bâtons d'encens autour du Christ. Le culte des ancêtres reste donc une tradition importante dans la famille Pham. C'est le chef de famille, Ky Lam, qui en est le garant et c'est son fils aîné, Hoài Nhân qui en héritera.

Ky Lam et Nam Giao sont issus d'une famille catholique traditionnelle. Phuoc Sang, originaire de la région de Châu Dôc dans le delta du Mékong, est issue d'une famille appartenant à la secte bouddhiste Hòa Hao [16]. Si un mariage entre un catholique et une

_____

16. La secte Hòa Hao, surtout présente dans le delta du Mékong, est apparue en 1939, fondée par Huynh Phu So. La croyance Hòa Hao s'appuie sur une foi personnelle profonde plutôt que sur la pratique de multiples rites. La simplicité du culte est donc la pierre angulaire de cette philosophie qui refuse des intermédiaires entre les êtres humains et l'Être suprême. On estime que cette secte compte encore aujourd'hui plus d'un million d'adeptes.

bouddhiste est parfois envisageable et aujourd'hui relativement fréquent, accepter une belle-fille venant de croyances aussi particulières était difficile pour la famille Pham. Le mariage de Phuoc Sang avec Ky Lam ne fut possible qu'après sa conversion au catholicisme. Elle se montre aujourd'hui extrêmement pieuse et très attachée à l'éducation catholique de ses enfants. L'appartenance de ses beaux-parents à la secte Hòa Hao a toujours beaucoup gêné Ky Lam ; ils ne sont d'ailleurs venus que très rarement à Saigon, Phuoc Sang se rendant environ une fois par an à Châu Dôc, en général accompagnée de ses plus jeunes enfants, pour rendre visite à sa famille.

Cette réticence de Ky Lam et de sa famille vis-à-vis de la secte Hòa Hao ne doit pas laisser croire que le peuple vietnamien est divisé par des haines ou des conflits d'ordre religieux. Bien au contraire, le Vietnam est un pays extrêmement tolérant sur ce plan et les mariages entre catholiques, bouddhistes ou même athées sont fréquents. Mais les sectes Hòa Hao, Cao Dai ou autres apparaissent beaucoup plus marginales au regard des Vietnamiens qui n'y appartiennent pas.

L'éducation religieuse de Hoài An est assurée par des cours de catéchisme suivis chez les sœurs de Saint-Vincent-de-Paul un après-midi par semaine ; ce n'est pas sœur Marie-Raphaëlle (Kim Hoa) qui en est chargée mais une sœur plus âgée. Hoài An se rend seul à bicyclette au 42 rue Tú Xuong, je l'ai à quelques reprises accompagné sur mon vélo. Ce jour là, Hoài An laisse de côté caleçon et tee-shirt pour un élégant petit pantalon bleu marine et un polo ou une chemisette propre ; il a remplacé ses savates par des souliers de cuir. Toujours un peu en retard, Hoài An descend à toute allure la rue Lê Van Sy, traverse dangereusement l'avenue Vo Thi Sau, parvient enfin au coin de la rue Tú Xuong, une petite rue calme et ombragée. Au 42, la sœur chargée d'accueillir les visiteurs au parloir vient nous ouvrir la porte, nous la saluons respectueusement, elle me répond dans un français excellent puis nous rejoignons la sœur chargée des leçons de catéchisme ; six enfants sont déjà présents. La leçon dure environ une heure, les enfants sont silencieux et ne posent aucune question. La leçon se termine, les enfants se lèvent tous et récitent, en français, le « Notre Père ». Ils saluent respectueusement la sœur puis sortent dans un calme extraordinaire, mais dès que la grille du 42 Tú Xuong est refermée, rires et cris reprennent le dessus. Il me revient à l'esprit quelques courses mémorables de vélo après les séances de catéchisme où nous remontions la rue Tú Xuong jusqu'au coin de la rue Trân Quôc Thao.

Le moment religieux le plus important de la semaine pour la famille Pham est la messe du dimanche matin. Les enfants ne peuvent s'y soustraire sous aucun prétexte. À partir de sept heures du matin, tous se préparent pour la messe. Les hommes sont vêtus d'un pantalon de couleur foncée et d'une chemisette plus claire, Phuoc Sang porte quant à elle un superbe *ao dài* violet ou vert foncé et se maquille légèrement. Vers 7 heures 45, Phuoc Sang s'assoit en amazone à l'arrière de la mobylette de Ky Lam, installant entre eux Hoài An ; Nam Giao aidé de son neveu parvient également à s'installer derrière Hoài Nhân.

En quelques minutes, nous sommes arrivés à la chapelle de la rue Tú Xuong tenue par des frères, à côté du couvent de Kim Hoa. Vélos, mobylettes et cyclos se bousculent dans cette petite rue habituellement si calme. À l'entrée de la chapelle, hommes et femmes se séparent, Ky Lam, son frère et ses fils se dirigent vers la moitié droite réservée aux hommes, Phuoc Sang et moi-même vers la partie gauche réservée aux femmes. La chapelle est très belle et très intime, les murs et le plafond sont recouverts de bambous tressés. Elle se remplit très rapidement. À 8 heures, un prêtre vietnamien commence à dire la messe, elle dure environ une heure et demi et se découpe exactement comme toute messe catholique. J'observe Phuoc Sang qui, comme les autres femmes des places voisines, est extrêmement recueillie mais ne cesse toutefois de se ventiler avec un petit éventail ; il est vrai qu'à cette heure la chaleur est déjà suffocante.

À quelques reprises, nous nous sommes rendus à la messe dans la cathédrale Notre-Dame de Saigon [17]. Il est étonnant de voir dans ce pays communiste tant de catholiques réunis pour pratiquer leur culte, toutes les portes de la cathédrale sont ouvertes, l'intérieur contient déjà assurément plusieurs centaines de personnes ; ceux qui n'ont pas pu entrer restent à l'exté-

---

17. Cet édifice construit par les Français est au centre de la ville, ses deux flèches de briques rouges se dressent fièrement vers le ciel. La cathédrale a été construite au carrefour de plusieurs rues si bien que l'on peut en faire le tour, elle se trouve à quelques mètres seulement de la grande poste de Saigon connue pour sa voûte intérieure conçue par Gustave Eiffel.

rieur, assis sur les marches ou même encore sur leurs mobylettes. Tous, dedans comme dehors, sont recueillis, ignorant le bruit de la circulation voisine. À l'intérieur, la chaleur est étouffante, presque insupportable, les immenses ventilateurs installés au plafond ne parviennent pas à rafraîchir l'air, les femmes agitent désespérément leurs éventails. Malgré l'importance de cette foule, malgré cette sensation d'étouffement, chants religieux et recueillement sont admirables.

Interdiction absolue de taper sur la tête !
Croyances et interdits

Une règle importante à respecter si l'on ne veut pas choquer les Vietnamiens est l'interdiction absolue de taper sur la tête. La tête représente l'esprit et donc également l'honneur, l'intelligence et la mémoire des ancêtres. Taper, même amicalement, sur la tête de quelqu'un est donc une insulte très grave portant atteinte à l'honneur de la personne et à la mémoire de ses ancêtres. Le père d'un enfant du quartier arriva un jour très en colère car, lors d'une altercation, Hoài An avait tapé sur la tête de son fils. Seul Hoài Nhân était alors présent, il ordonna à son petit frère de s'excuser sur le champ puis le gifla, le petit se réfugia dans la cuisine près de Hai. Lorsque les parents furent mis au courant de l'incident, ils grondèrent à nouveau leur fils, se disant honteux et humiliés d'une telle conduite.

Le Vietnam ayant été longtemps en proie aux guerres et aujourd'hui à une dictature depuis plus de vingt ans, Ky Lam m'expliquait un jour que les Vietnamiens se raccrochent à de nombreuses croyances, ne serait-ce que pour se rassurer. Le pire étant toujours possible, on se sécurise en se reportant aux génies. C'est là une interprétation tout à fait particulière et propre à Ky Lam lui-même. Sa famille est trop catholique pour se fier à la protection des génies mais nombre d'autres familles la demandent chaque jour. Ainsi j'ai pu voir à l'intérieur comme à l'extérieur de plusieurs maisons bouddhistes des petits autels en bois où statuettes et bâtons d'encens sont consacrés aux génies. À l'entrée de la maison, trône le génie de la porte qui veille sur la maison et repousse les voleurs, puis immédiatement après, le génie de la maison gère les affaires de la famille. Dans la cuisine, le génie du feu assure de bons repas et une bonne santé. Enfin sur l'autel des ancêtres, à côté de Bouddha et des photos des ancêtres, les trois génies assurent Bonheur, Prospérité et Longévité (Phúc, Lôc, Tho). De même, dans les magasins tenus par des bouddhistes, un autel dédié au génie de la finance protège le commerce. Devant chacun de ces autels, brûlent des bâtons d'encens et sont déposés chaque jour des fruits fraîchement cueillis, à titre d'offrandes.

La veille de toute cérémonie, on fait beaucoup de bruit (rires, tambours, autrefois pétards, interdits depuis 1994, etc.) afin de chasser les mauvais génies. À l'inverse, le matin de la cérémonie, fête du Têt ou anniversaire de la mort d'un parent, il faut rester extrêmement silencieux car sinon l'on risquerait de faire fuir les bons génies. Plusieurs fêtes sont dédiées aux génies. La plus importante est le Têt qui marque le nouvel an lunaire (du 1er au 7e jour de la 1re lune). De nombreuses offrandes sont faites pour le repos des âmes errantes le jour de Trung Nguyên (mi-année au 15e jour de la 7e lune).

Les pluies diluviennes de la période de la mousson peuvent facilement se transformer en véritables tempêtes. Ainsi un jour de mai, en début d'après-midi, le temps d'une ou deux heures, pluie et vent se déchaînèrent, des arbres tombèrent même sur la route, cyclos et hondas se réfugièrent rapidement à l'abri. Je descendis de ma chambre et trouvais Hai totalement tétanisée dans sa cuisine ; inquiète, elle m'expliqua que les génies exprimaient leur colère par la tempête. Ky Lam se moqua gentiment d'elle, repoussant d'un revers de main de telles croyances.

Par ailleurs, il existe une pratique également courante qui ne consiste pas en un culte dédié à un génie mais à jurer quelque chose devant un être suprême, quel qu'il soit, Dieu, Jésus ou Bouddha. Ainsi Kim Anh m'a raconté s'être rendue avec Duc au début de leur rencontre dans une église afin de jurer de s'aimer toute la vie. De même, alors que Nam Giao prêtait de l'argent à l'un de ses amis, je les ai vus aller tous les deux dans une pagode afin que l'emprunteur jure devant Bouddha de rembourser sa dette. Cet acte assure le créancier et menace l'emprunteur de punitions divines en cas de non-respect de son contrat.

Nam Giao m'a raconté être allé consulter des géomanciens au début des années quatre-vingt alors qu'il avait perdu toute confiance en son avenir. La géomancie est un art divinatoire visant à détourner les mauvais esprits à partir de la configuration des lieux. Il souhaitait comprendre pourquoi il avait eu si peu de chance et savoir comment il pouvait retrouver le bonheur. Nam Giao s'était rendu auprès d'un bonze bouddhiste : les bonzes veulent aider les gens à orienter leur vie dans une bonne direction mais sans dévoiler toutes leurs connaissances afin de ne pas s'interposer dans la destinée de la personne (son Karma). Le bonze demanda à Nam Giao de faire des offrandes pour trouver la paix dans son âme et éliminer tout esprit de jalousie ou de mécontentement. Il lui conseilla également de changer l'orientation de la tombe de ses grands-parents paternels (Pham Van Phuoc et Dang Thi Phung) qui n'était pas dirigée vers l'est [18]. À son retour en 1985, Ky Lam, responsable de l'entretien des tombes de la famille, opposa alors un refus net, considérant qu'il ne s'agissait là que de superstitions contraires à la foi catholique.

Un matin, alors que Phuoc Sang quittait la maison pour se rendre à la pharmacie, je la vis revenir précipitamment, l'air contrarié. L'interrogeant sur cet empressement soudain, elle me raconta qu'elle venait de voir dans la ruelle une femme enceinte passer devant la maison. Ne comprenant pas son affolement, j'insistai. Croiser une femme le matin avant d'aller se rendre dans son commerce n'est déjà pas bon signe mais croiser une femme enceinte constitue réellement un mauvais présage ; il assure un mauvais chiffre d'affaires pour la journée car le bonheur de cette femme pourrait devenir le malheur des autres. De même, Phuoc Sang m'expliqua que si le premier client de l'année, immé-

---

18. Autrefois, les rois choisissaient avec beaucoup de soin l'emplacement de leur futur tombeau afin d'assurer la continuité de la dynastie, le bonheur et la prospérité de leurs descendants.

diatement après le Têt, est une femme, cela sera signe d'une mauvaise année pour le commerce. Beaucoup de commerçants refusent en général de servir cette femme, attendant la venue d'un homme. D'autres sont contents de voir arriver une cliente si elle est gaie et qu'elle ne marchande pas trop, ils lui offrent alors un très bon prix, parfois inférieur à celui qui avait été affiché, afin de bien démarrer l'année. De même, la femme enceinte doit s'abstenir de certains actes ; par exemple, elle ne doit pas aller voir un mort ni suivre un cortège funéraire car l'âme du mort risquerait de vouloir entrer dans l'esprit de l'enfant à naître ; elle ne doit pas tuer d'animaux ni enfoncer quelque chose avec un clou car cela reviendrait alors à enfoncer l'enfant dans le malheur.

Guettant la ruelle depuis le salon, Phuoc Sang n'osa finalement quitter la maison qu'après avoir vu passer un homme devant la porte. J'allais découvrir ainsi, au fil des jours et des semaines, que tous les Vietnamiens, quelle que soit leur religion, sont très attentifs à de nombreux signes.

J'avais déjà noté que les hommes de la maison répugnaient à s'approcher de Hai lorsqu'elle faisait la lessive car, m'a expliqué la jeune femme, les vêtements sales de femmes portent malheur par leur impureté. Mais je n'avais pas alors pris conscience jusqu'où allait cette croyance. Tandis qu'un après-midi Hoài Nhân m'emmenait visiter des amis, il me retint par le bras, appela les maîtres des lieux et n'accepta de rentrer dans la maison que lorsque les pantalons de femme séchant sur le balcon du premier étage furent retirés. Ne comprenant pas la scène qui venait de se dérouler, je demandais discrètement à Hoài Nhân la raison de son attitude : passer sous un pantalon de femme, même propre séchant sur un fil, porte malheur. Ainsi, il est impossible pour un enfant de passer, en jouant, sous les jambes de sa mère ou de toute autre femme, au risque de devenir idiot et de ne pas réussir ses études.

Ce sont surtout Phuoc Sang, Hai ou Nam Giao qui m'ont fait part de leurs différentes croyances. Ainsi, une habitude veut qu'à la fin du repas, les Vietnamiens utilisent des cure-dents, la maîtresse de maison doit les poser sur la table mais ne doit pas les proposer car ce serait alors vouloir renvoyer ses invités. Les coussins et oreillers ne doivent jamais être posés au pied du lit mais toujours à la tête car cela signifierait que les événements de la vie s'en trouveraient bouleversés et donc que la famille rencontrerait des problèmes. Un mari et une femme ne doivent pas partager le même peigne pour se coiffer car ils diviseraient alors leur bonheur.

Certaines pratiques doivent être respectées spécifiquement le jour du Têt afin d'éviter de causer du malheur autour de soi. Ce jour là, on doit veiller à ne pas prononcer de gros mots ni évoquer des choses touchant à la mort ou à des accidents car cela entraînerait des problèmes pour la nouvelle année. On ne doit pas également porter ce jour de vêtement blanc, couleur du deuil. Si l'on a subi un deuil l'année précédente, on ne doit pas aller rendre visite à quelqu'un car on apporte alors avec soi le malheur. Si quelqu'un nous doit de l'argent, l'on ne doit pas lui réclamer ce jour-là car ce serait vouloir lui souhaiter du malheur pour l'année à venir. Il est surtout interdit de balayer pendant les jours du Têt, on jetterait alors dehors bonheur, chance et réussite.

Les interdits alimentaires sont aussi très courants. Un commerçant ne doit pas manger du riz à peine cuit car c'est alors signe que le commerce va diminuer. Un étudiant passant des examens ne doit pas manger de crevettes, le mot « crevettes » signifie également en chinois « raté », ni de bananes dont la peau qui fait glisser symbolise l'échec. Au moment des examens de Hoài Nhân, Hai a l'interdiction d'acheter ces aliments. Il est au contraire souhaitable de manger des graines de soja germées, le mot « *dâu* » signifiant également réussite. Un jeune enfant ne doit pas manger du riz brûlé attaché dans le fond de la marmite car cela risque de le rendre bête, celui-ci étant toujours le dernier. De même, manger des œufs de cane à demi couvés, plat très apprécié des Vietnamiens, risque de rendre un petit enfant idiot. Enfin, si un enfant mange des pattes de poule, il n'aura pas une belle écriture.

Nam Giao demande parfois à Hai de lui préparer des décoctions de feuilles d'eucalyptus bouillies dans de l'eau. Ces tisanes ou inhalations soulagent la douleur. De nombreuses pratiques aussi simples sont utilisées dans les familles vietnamiennes. Ainsi j'ai souvent vu Ky Lam ou Nam Giao le torse recouvert de ronds rouges à la suite d'application sur le corps de ventouses pour combattre les douleurs de dos ou de grippe.

Je me souviens d'un voyage de Dalat à Saigon dans un bus bondé, surchauffé, abandonné aux cris et aux odeurs de cochons, poules et autres volatiles attachés à l'arrière ou sur le haut du toit. D'énormes paniers avaient été posés à mes pieds. Une jeune femme s'accrochait à mon épaule afin de garder l'équilibre et un bébé de deux ou trois mois avait été déposé sur mes genoux. Mon voisin, un homme d'environ quarante ans, fumait, crachait et s'obstinait à refermer le fenêtre que chacun tentait tour à tour d'ouvrir. Dans cette chaleur suffocante, une terrible migraine ne tarda pas à s'emparer de moi. La femme âgée s'aperçut sans doute de mon malaise et me fit des signes avec ses doigts en me montrant mon front. Sans comprendre, j'acquiesçais, j'avais tellement mal que je m'en remettais à qui voulait bien m'aider. La vieille femme se mit alors à pincer la peau de mon front entre les deux sourcils avec une force que je n'aurais pu soupçonner dans sa frêle personne. Comme par miracle, la douleur disparut peu à peu… Cette pratique est extrêmement courante au Vietnam, on se pince donc jusqu'à faire venir le sang afin d'évacuer le mal de son corps. L'effet est immédiat mais la marque rouge ne s'estompe pas aussi vite que la douleur…

La naissance de La Kham

Lors de mon voyage au Vietnam en 1996, Kim Anh, mariée deux ans plus tôt, attendait un bébé depuis quelques mois. J'ai donc assisté à une partie de sa grossesse. Même si je ne la voyais pas tous les jours comme le reste de la famille, elle venait fréquemment rendre visite à ses parents ou j'allais les saluer, elle et son mari, dans leur petite maison située dans une ruelle donnant sur la rue Ba Tháng Hai dans le dixième district.

Beaucoup d'interdits s'imposent à la femme viet-namienne pendant sa période de grossesse. Sur le plan de l'alimentation, elle ne doit pas manger d'œufs à demi couvés, on raconte que cela rend les enfants poilus... Elle doit boire beaucoup de lait de coco afin que l'enfant ait la peau la plus claire possible, signe de beauté et de richesse au Vietnam, et éviter de boire du café car cela assombrirait au contraire le teint. Chaque jour de sa grossesse, Kim Anh buvait le jus et mangeait la chair tendre d'au moins deux noix de coco. Duc, son mari, veillait à ce que soient préparés les meilleurs plats pour sa femme car plus un nouveau-né est gros, plus la famille est fière. Les échographies sont exceptionnelles au Vietnam, Kim Anh n'en a

passé aucune. On surveillait alors beaucoup son alimentation pour deviner quel serait le sexe de l'enfant.
Kim Anh était gourmande de choses sucrées, son mari
exultait, certain que cela annonçait l'arrivée d'un petit
garçon... On dit que si à l'inverse la femme aime manger des aliments plus acides, elle attend sans doute
une fille. De même, la préférence pour des fruits verts
encore jeunes annonce un petit garçon mais celle pour
des fruits rouges une petite fille. La forme du ventre
peut également être un indice : un ventre rond
annonce un garçon et un ventre ovale une fille.

Quelques semaines avant l'accouchement, Kim
Anh est venue habiter chez ses parents. Duc passait
chaque jour rendre visite à sa femme mais continuait à
vivre dans sa maison.

Le 20 mai 1996, Kim Anh, accompagnée de Phuoc
Sang, fut transportée à l'hôpital dans un taxi voiture.
J'attendis à la maison tout l'après-midi la bonne nouvelle. Hai était aussi excitée que s'il s'agissait de son
propre enfant. Ky Lam lui ordonna de se calmer un
peu et d'attendre patiemment le retour de Phuoc
Sang. À la nuit tombée, un bruit de honda se fit enfin
entendre, Duc et sa belle-mère bondirent dans la maison. « Un garçon ! », annonça Duc triomphant,
« 3,4 kilos ! », ce qui est beaucoup au Vietnam, ajouta
l'heureuse grand-mère. La Kham était né. Phuoc Sang
tenait un chiffon replié dans ses mains, elle avait récu-
péré le placenta de sa fille et elle alla l'enterrer dans
un pot rempli de terre. Ce geste marque l'attachement
futur de l'enfant à son pays et à sa famille. La tradition
veut que ce soit habituellement la grand-mère paternelle qui s'en charge mais les parents de Duc habitent

à plus de 15 kilomètres et ne sont pas venus immédiatement à Saigon.

Le lendemain matin, j'eus l'autorisation d'accompagner Ky Lam et Phuoc Sang à l'hôpital. De nombreux malades aux bandages multiples étaient assis à
l'extérieur, devant l'entrée principale. L'intérieur du
bâtiment est étouffant. Haletants, les ventilateurs tentent en vain de rafraîchir ses vieux murs défraîchis.
Des odeurs inconnues, âcres et suffocantes, envahis-
sent les couloirs. Nous arrivons enfin dans la chambre
où est installée Kim Anh, une chambre commune à
quatre jeunes femmes. Le bébé dort paisiblement
près de sa mère, il est superbe. Phuoc Sang est atten-
drie et Ky Lam visiblement ému, ils me font remarquer qu'il a la peau extrêmement claire, très blanche.
Kim Anh semble fatiguée, anéantie par la chaleur déjà
insupportable à cette heure matinale.

Aucun repas n'est servi à l'hôpital, c'est donc Phuoc
Sang qui préparait les repas pour sa fille, elle lui appor-
tait des plats très salés et épicés afin d'éliminer le plus
rapidement possible de son corps déchets et microbes.
C'est également Phuoc Sang qui apporta tous les soins
à sa fille ; elle la lavait régulièrement car Kim Anh per-
dait alors beaucoup de sang. Les premiers jours, la
jeune maman allaita son enfant. Kim Anh est ainsi restée trois jours à l'hôpital. De retour à la maison, elle
avait besoin de repos. Phuoc Sang n'est plus allée à la
pharmacie, que Ky Lam dirigeait seul, pour pouvoir
s'occuper pleinement de son petit-fils. Le bébé n'était
alors plus allaité mais nourri de lait en poudre. Si Hai
continuait à préparer les repas de la famille, c'est Phuoc
Sang qui s'occupait de la nourriture de sa fille.

Le lendemain de l'arrivée de Kim Anh et La Kham, Phuoc Sang m'invita à me joindre à toute la famille dans la chambre de Kim Anh. Les femmes chauffèrent alors du charbon sous le lit et embaumèrent la pièce avec des plantes médicinales afin de chasser les odeurs de la jeune femme accouchée perdant du sang. La poussière et la chaleur causées par le charbon furent vite insupportables, la chambre devint totalement irrespirable. Les yeux rougis, je dus sortir bien vite de la pièce. La chaleur faisant transpirer la femme est nécessaire pour lui faire perdre son poids. Kim Anh est ainsi restée allongée dans cette chambre surchauffée au charbon et assombrie par les rideaux fermés pendant trois jours. Duc y entrait seulement quelques instants car l'odeur y était très forte et l'atmosphère suffocante. En plus d'être ainsi cloîtrée, Kim Anh ne devait pas se laver avant plusieurs jours.

Au terme de cette période, Phuoc Sang apprit à sa fille à être une bonne mère, elle lui montra les soins devant être apportés au bébé. La belle-mère de Kim Anh qui lui rendit visite lui donna également quelques conseils mais de manière beaucoup moins autoritaire. À partir de ce moment là, Phuoc Sang commença à retourner à la pharmacie et laissa Kim Anh s'occuper de son bébé. Le 2 juin, l'extrémité du cordon ombilical, noué à l'emplacement du nombril, de La Kham est tombé ! Les parents de Duc viennent dîner pour fêter l'événement. Toute la famille est très fière et heureuse : plus le cordon sèche et tombe vite, plus l'enfant est en bonne santé.

Le baptême est un sacrement très important dans une famille catholique. Les Vietnamiens sont très pieux et traditionnellement les enfants étaient baptisés dès le sixième jour, délai correspondant à celui de la création du monde, mais de plus en plus cette date est reculée. Le baptême catholique de La Kham eut lieu le matin du 20 juin dans la chapelle des sœurs de Saint-Vincent-de-Paul ; Kim Hoa était présente. Hoài Nhân est le parrain du petit La Kham. La cérémonie fut rapide mais recueillie et émouvante. L'enfant a reçu comme nom de baptême le prénom de Thomas. Les catholiques donnent toujours à leur enfant un prénom dit de baptême, puisé dans la bible, mais qui n'est jamais utilisé dans la vie quotidienne [19]. De retour à la maison, les deux familles ainsi que quelques amis chers se sont réunis chez les parents de Kim Anh. La fête est destinée à présenter l'enfant aux ancêtres de la famille. La scène est assez insolite : Cúc, la mère de Duc, a posé une statuette de Bouddha à côté de Jésus. Des fruits frais avaient également été déposés sur l'autel. Cette cohabitation de religions, si fréquente au Vietnam, devient en cet instant tout à la fois étonnante et émouvante. Thanh, le grand-père paternel de l'enfant, s'avance devant l'autel des ancêtres, il allume trois bâtons d'encens, se prosterne à trois reprises tout en récitant des litanies bouddhiques puis plante ses bâtons devant Bouddha ; Ky Lam s'avance à son tour et prononce une prière remerciant Dieu. Puis les grands-mères et les parents de l'enfant rendent également le culte aux ancêtres. Tous les autres invités se rendent ensuite devant l'autel.

---

19. Ce prénom est ensuite utilisé lors des funérailles de la personne et dans les prières récitées après sa mort.

Après ce premier rite, les grands-parents ont officiellement présenté leur petit-fils à toutes les personnes présentes et lui ont donné le prénom de La Kham et ont également choisi le surnom de Cún [20]. Ces choix ont été annoncés publiquement par les grands-parents mais avaient été auparavant discutés avec Kim Anh et Duc. Il est fréquent que les Vietnamiens, notamment originaires du Centre, donnent à leur enfant un surnom afin que les mauvais esprits ne le reconnaissent pas et ne lui affligent du malheur. Le bébé est alors passé de bras en bras, les femmes l'embrassent à la façon vietnamienne, c'est-à-dire qu'elles déposent leurs lèvres sur la joue sans aucune pression et aspirent avec le nez ; c'est la marque d'une très grande affection. Plus le bruit d'aspiration du nez est fort, plus l'affection est grande.

Après la séance d'embrassades, Kim Anh a posé son fils sur le lit de Nam Giao et l'a entouré de divers jouets en plastique : un ballon, un stylo, un peigne, une petite truelle de maçon, un mètre de tailleur, un stéthoscope... Ces différents jouets sont censés représenter les métiers futurs que pourrait exercer l'enfant. On attend que le bébé touche un jouet afin de connaître quel chemin il choisira. Le petit Cún, ne comprenant pas l'enjeu de la scène, est bien éveillé et commence à gazouiller, il bat doucement ses bras et ses jambes. Sa petite main s'approche dangereusement de la truelle, Ky Lam s'empresse de glisser le stéthoscope et le mètre

---

20. Cún est un petit animal dodu et bien nourri au chaud.

devant le premier jouet, la main de bébé les a touchés, tout le monde applaudit : La Kham dit Cún sera architecte (Ky Lam préfère parler d'architecte que de tailleur) ou médecin ! Personne n'est dupe, tous ont aperçu le geste de Ky Lam et le comprennent parfaitement. Tout Vietnamien souhaite que son enfant choisisse un travail intellectuel plutôt que manuel.

Phuoc Sang invite ensuite tout le monde à déjeuner. Hai a préparé d'excellents plats ; des salades de crevettes et de lotus, du riz gluant mélangé à du soja, une soupe aux asperges, des travers de porc. Lors des fêtes de famille, les repas ne s'étalent pas tout au long de l'après-midi, ils durent une ou deux heures et les gens partent dès qu'ils ont terminé leur repas.

À leur arrivée, les invités avaient remis un cadeau pour l'enfant. Selon l'habitude vietnamienne, Kim Anh les avait mis de côté sans les ouvrir. J'assistais dans l'après-midi, alors qu'il ne restait plus que la famille, à l'ouverture des paquets. Ky Lam avait remis à sa fille et son gendre 500 dollars américains, somme d'argent très importante au Vietnam, afin d'aider à l'éducation de l'enfant, Thanh leur remit un tael d'or. Phuoc Sang offrit un collier en or massif de 24 carats avec une médaille religieuse, Cúc donna un bracelet en or avec le nom de l'enfant et sa date de naissance gravés. Kim Hoa avait préparé un magnifique chapelet. Kim Phúc avait fait parvenir des États-Unis de très beaux vêtements pour son neveu, des petites chaussures en cuir, une chaîne en or et un billet de 100 dollars. Les autres présents consistaient essentiellement en des enveloppes de papier rouge contenant de l'argent.

Le soir de cette fête, le moment était venu pour Kim Anh de rentrer chez elle. Duc ramena dans sa maison sa femme et son fils.

Voyage à Ky Huong

Alors que toute la famille de Ky Lam est très présente dans la vie quotidienne des Pham, on ne parle que très rarement de celle de Phuoc Sang qui vit dans le delta du Mékong. Depuis son mariage, Ky Lam avait préféré garder une certaine distance avec ses beaux-parents qui appartiennent à la secte Hòa Hao.

Toutefois, lors de mon dernier voyage au Vietnam, j'avais remarqué la présence d'une nouvelle photo sur l'autel des ancêtres des Pham. Elle représentait un vieil homme vêtu d'un large pantalon blanc et d'un maillot blanc, ses longs cheveux avaient été relevés en chignon. Une barbe blanche descendait jusque sur son torse. C'était le père de Phuoc Sang, mort deux mois auparavant. Alors que je regardais la photo, Phuoc Sang m'expliqua que tous les hommes Hòa Hao sont ainsi vêtus de blanc, symbole de pureté et de transparence de l'âme.

Tandis qu'habituellement, Phuoc Sang ne se rendait qu'une fois par an dans son village natal, elle souhaitait y retourner, deux mois après l'enterrement de son père, car elle s'inquiétait pour la santé de sa mère, âgée et fatiguée. Elle accepta avec plaisir ma proposition de l'accompagner dans son voyage, d'autant plus qu'aucun de ses enfants ne pouvait venir avec elle. Kim Anh devait s'occuper de son bébé et les deux garçons aller à l'école. Il fut décidé que nous partirions quatre jours, le premier et le dernier étant consacrés au voyage en bus, nous ne resterions que deux jours à Châu Dôc.

Un matin, de bonne heure, Ky Lam et Hoài Nhân nous accompagnèrent à la gare routière. Phuoc Sang était vêtue simplement, d'un pantalon noir et d'une chemise blanche à trois pans, courante dans les campagnes, avec un morceau d'étoffe noire épinglée sur sa chemise, en signe de deuil. Au départ de la gare, nous n'étions que quelques passagers dans le bus mais très vite, dès les premières rues avoisinantes, de nombreux autres voyageurs vinrent s'ajouter à nous. Sur notre petite banquette que je pensais prévue pour deux, nous fûmes bien vite quatre personnes pressées l'une contre l'autre. S'entassaient dans le fond du bus une multitude de sacs et cartons de marchandises diverses. Une femme s'accroupit sur mes pieds. Il régnait un brouhaha indescriptible dans le bus, aux conversations des passagers s'ajoutaient les cris de l'aide du chauffeur, c'est-à-dire du jeune homme accroché à la porte restée ouverte qui remplace le klaxon en hurlant dès qu'il y a un obstacle sur la route. À l'intérieur, le vent fouette nos visages et ne parvient pas à donner une sensation de fraîcheur. Tous grignotent, les épluchures de fruits s'amoncellent sur le sol.

Entre deux visages, je parviens à apercevoir un morceau du paysage et à voler quelques images inoubliables. Tout au long de la route, les paysans font sécher le riz sur la chaussée. Les voitures écrasent ainsi la coquille des grains. Sèchent également sur le talus des galettes de riz étalées sur des sortes de tréteaux. Au cours de ces longues heures de voyage, se succèdent des paysages magnifiques, aux couleurs vives et variées. Miroitant sous le soleil, des rizières, découpées en petites parcelles régulières séparées par des rigoles d'eau, s'étendent devant moi à perte de vue. Les paysans, courbés sous leur chapeau conique, s'adonnent inlassablement à leur dur labeur. Les ombres et reflets dansent sur ces terres inondées, donnant un aspect presque irréel à cet infini damier vert et brillant, à cette immense étendue parsemée de points blancs, les tombes des paysans qui ont souhaité être enterrés sur leur terre. Se détachent parfois des massifs de cocotiers, bambous et arbres fruitiers dans une nuance de vert plus foncé.

Le bus traverse quelques villages, les maisons sont alignées le long de la route. Les plus récentes ont leur date de construction inscrite au-dessus de la porte. Les ruelles que l'on peut apercevoir sont souvent sableuses et poussiéreuses mais prennent une autre teinte, presque un air de fête, lorsque s'y déploient de longs rideaux de verdure luxuriante.

Les images qui défilent devant moi sont entièrement modelées par l'eau, tout le delta semble s'organiser comme un véritable labyrinthe aquatique autour des neuf bras du Mékong [21], des multiples canaux et des rizières inondées. Poumon de la région du delta, le Mékong a façonné la terre, le paysage et les hommes.

---

21. Les Vietnamiens l'appellent Song Cuu Long, la rivière des Neuf Dragons.

Les travaux agricoles, les transports et toute la vie quotidienne sont organisés en fonction du fleuve.

Après une longue course de plus de 4 000 kilomètres depuis le Tibet, le Mékong étend sa toile sur le delta du Sud du Vietnam en plus de neuf bras, laissant sur son chemin de précieux alluvions, source de la fertilité de la terre. Le fleuve, à travers ses méandres, donne ainsi toute sa configuration à la région, avant de se jeter dans la mer de Chine méridionale.

À deux reprises, le bus s'arrêta pour prendre un bac. L'attente est alors très longue. Nous sommes descendues et avons dû attendre patiemment notre tour. Les petits marchands de thé, de friandises et de cigarettes se pressaient autour de nous.

En fin d'après-midi, nous arrivons enfin à Châu Dôc. Tê, le beau-frère de Phuoc Sang, nous attend sur sa honda, nous nous serrons toutes les deux derrière lui et partons pour Ky Huong, le village natal de Phuoc Sang. La végétation y est magnifique, la maison évolue parmi les bambous, cocotiers et autres arbres de toutes sortes. La maison est très simple, construite en bois, elle ne compte que deux pièces : la première est celle où l'on se réunit pour manger, la seconde est sans doute celle où se rassemble toute la famille pour dormir.

La mère et la sœur de Phuoc Sang nous attendent à l'intérieur de la maison. En signe de deuil, la vieille dame a ceint un bandeau blanc autour de son front. De six ans sa cadette, Thanh Binh semble aussi âgée que Phuoc Sang ; absolument pas maquillé, son visage est plus fatigué, buriné par le soleil. Des trois neveux de Phuoc Sang, seul le plus jeune, âgé de quatorze ans, reste à la maison ; l'aîné est mécanicien à Vinh Long et la fille vit avec son mari à Châu Dôc.

Le dîner est chaleureux. La famille attendait ma venue, j'ignorais que Phuoc Sang avait eu le temps de les en informer. Sa mère souhaitait me recevoir chez elle mais les autorités lui ont refusé le droit de loger une étrangère. Il fut donc décidé que je rentrerais dormir la nuit dans un hôtel à Châu Dôc.

Tê et son fils m'ont fait parcourir la campagne environnante. Fils de paysan, Tê est le seul de la famille à avoir fait des études mais il a gardé cet amour de la terre si fort et si pur qu'ont tous les paysans. Son attachement évident à la riziculture et à la terre de ses ancêtres est émouvant et sincère. Il m'a fait sillonner de magnifiques paysages de rizières, parfaitement découpées et séparées par des chemins d'eau. Aucune parcelle n'est gaspillée, chacune des terres émergées est cultivée. Les nombreux canaux et chemins immergés sont empruntés chaque jour par les habitants, une barque est ici plus indispensable que tout autre moyen de transport [22].

Ils m'emmenèrent dans des villages voisins, m'expliquant que nombre d'habitants étaient dans cette région Khmers et Cham de religion musulmane. Je découvris avec surprise une mosquée au milieu de ce tableau de rizières vertes et brillantes, plus habituée à y apercevoir des pagodes aux couleurs vives. Appartenant au royaume du Cambodge jusqu'au

---

22. En raison de leur forme, les barques utilisées dans le delta sont appelées « barques à queue de crevette ».

XVIIe siècle, la région est encore très marquée par l'empreinte khmère.

Tê est l'instituteur du village de Ky Huong. Lors de ma deuxième matinée dans le delta, après avoir parcouru quelques rues ombragées, Tê me fit entrer dans une maisonnette de bois aux fenêtres sans vitre, contenant un vieux tableau, quelques pupitres et chaises. Deux autres institutrices travaillaient dans des salles voisines. Les enfants sont visiblement impressionnés par ma présence, leurs petits yeux me fixent mais aucun n'ose prononcer un seul mot jusqu'au moment où leur maître les entraîne à me chanter un petit air, lèvres et sourires se débloquent alors et comme par enchantement la classe devient une véritable petite chorale.

Thanh Binh, la sœur de Phuoc Sang, travaille sur le marché de Châu Dôc, elle y tient un petit kiosque de tissus.

Ces quelques heures passées au cœur du village de Ky Huong m'ont fait découvrir un monde fascinant, singulier et très différent de la vie trépidante de Saigon. À Ky Huong, les journées semblent se succéder dans une certaine insouciance et une calme sérénité. Malgré leur situation souvent précaire, les villageois paraissent se préoccuper beaucoup moins du lendemain et du profit à en tirer que les gens de Saigon. Je n'y suis pas restée suffisamment longtemps pour bien connaître les relations entre les habitants de Ky Huong mais ces rapports ne m'ont pas semblé empreints de jalousie ou de mépris mais plutôt de simplicité et de sincérité.

L'enterrement du vieux Ông Ca

Un matin de mai 1997, Hai apprit au marché la mort du vieux Ông Ca. Il était mort dans la nuit d'une maladie pulmonaire. J'avais aperçu quelquefois Ông Ca, assis à l'intérieur de sa demeure, toussant et crachant. Il habitait à deux maisons de celle de Ky Lam. Lorsque je partis me promener en début d'après midi, la ruelle vivait comme à son habitude, on n'aurait pu soupçonner que quelqu'un venait d'y mourir. Lorsque je rentrai à la maison quelques heures plus tard pour le dîner, la ruelle s'était totalement transformée. Toujours animée, elle résonnait d'une musique nouvelle jouée par un orchestre funèbre. Sur le bord des fenêtres et des portes de la maison de Ông Ca, des rubans blancs avaient été attachés en signe de deuil. Je m'avançais dans la pénombre de la nuit jusqu'à la maison mortuaire : un cercueil en bois jaune avait été placé au centre, entouré de bougies rouges ; au fond, l'autel des ancêtres et la statuette de Bouddha étaient illuminés par de nombreuses bougies. Une odeur d'encens et de cire parvenait jusque dehors. Une dizaine de personnes étaient à l'intérieur de la maison, les femmes vêtues de *áo dài* portaient un ruban blanc autour de la tête et les hommes un calot blanc, quelques enfants endeuillés également par un ruban blanc jouaient dans la ruelle. Je m'éclipsai discrètement et rentrai chez Ky Lam.

À mon arrivée, Ky Lam et Phuoc Sang s'apprêtaient justement à aller présenter leurs condoléances aux voisins. Ils me proposèrent de les accompagner. Ky Lam pénétra le premier dans la maison, il se dirigea vers l'homme portant un calot blanc âgé d'environ cinquante ans, lui adressa quelques mots amicaux et l'interrogea sur les circonstances de la disparition. Le vieux Ông Ca était mort dans son sommeil. Ky Lam se dirigea ensuite vers l'autel, prit les trois bâtons d'encens qu'un jeune homme lui tendait et commença alors à rendre le culte aux ancêtres exactement comme l'aurait fait un bouddhiste, il se prosterna à trois reprises puis piqua ses trois bâtons d'encens sur l'autel. Il recula sans se retourner jusqu'à toucher le cercueil du défunt puis vint s'asseoir sur les chaises réservées aux visiteurs. Phuoc Sang puis moi-même imitâmes Ky Lam. Une femme nous servit une tasse de thé et nous remercia de notre visite. Le lendemain, j'ai raccompagné Phuoc Sang qui avait acheté quelques fruits pour offrir au défunt ; les tables étaient déjà pleines de coupes de fruits, offrandes faites à Bouddha et à la mémoire du disparu.

Le cercueil est ainsi resté exposé trois jours dans la maison. Cousins, voisins et amis s'y sont succédé pour rendre un dernier hommage au vieux Ca. L'orchestre continuait à jouer depuis le premier soir, la musique ne s'arrêtait que vers minuit pour reprendre à dix heures du matin. Il jouait des musiques traditionnelles, utilisant certains instruments monocordes.

Le dernier soir, la famille avait installé quelques tables et tabourets dans la ruelle et invitait tout le monde à boire une tasse de thé et à manger une soupe de riz. Certains restèrent discuter tard dans la nuit, certains plaisantaient, on ne semblait plus parler du mort.

Après trois nuits de veillée mortuaire, vint le jour des funérailles. Phuoc Sang, ne pouvant s'absenter de sa pharmacie, ne vint pas mais Ky Lam et Nam Giao décidèrent de s'y rendre et me proposèrent de les accompagner. Le cercueil s'apprêtait à quitter la maison, nous observions la scène, debout devant notre maison. Je m'approchais de la demeure mortuaire : Ông Ca et sa famille sont bouddhistes, un vieux bonze recouvert d'une aube aux carreaux multicolores ainsi que quatre plus jeunes vêtus de robes orange récitaient des prières en langue indienne devant le cercueil.

Une voiture, louée pour l'occasion, attendait au bout de la ruelle, des jeunes hommes de la famille, reconnaissables à leurs vêtements blancs, portèrent dans la voiture toutes les offrandes, des compositions de fleurs fraîches et artificielles et de nombreuses coupes de fruits. Il y en avait tellement qu'ils en confièrent aux voisins ou amis présents dans la ruelle, ainsi Ky Lam et moi-même nous sommes retrouvés dotés chacun d'une couronne de fleurs. Ils portèrent ensuite le cercueil jusqu'au véhicule. Un petit cortège se forma pour le suivre dans les méandres des ruelles : avançait au premier rang l'homme au calot blanc, le fils aîné de Ông Ca, Ky Lam m'expliqua que le bâton sur lequel il s'appuyait symbolise le fait que c'est désormais lui qui guidera la famille sous son autorité. Ông Ca étant veuf, aucune femme ne suivait immédiatement le fils aîné. Venait ensuite un jeune homme d'environ trente ans portant également un calot blanc et la photo du défunt, c'était le fils aîné du premier. Avançaient ensuite les autres enfants de Ông Ca, plusieurs couples étaient groupés ; son second fils et ses filles étaient coiffés d'un voile blanc, sa belle-fille et ses gendres portaient un bandeau noir sur une tunique blanche. Suivaient les petits-enfants. Puis le cortège se continuait sans ordre apparent, voisins et amis étaient regroupés derrière la famille. L'orchestre battait son plein, curieusement aux musiques traditionnelles se substituèrent, sans logique apparente, des musiques beaucoup plus modernes de style « chachacha » et très occidentales ; interloquée, j'entendis *Besa me mucho*, *Don't cry for my Argentina*, *Love me please…* accompagner le cercueil. Plus la musique est gaie, plus le mort a de chance de se réincarner dans une vie meilleure.

Le cortège arriva enfin sur la rue Lê Van Sy, tous les petits marchands avaient miraculeusement disparu, ils avaient simplement reculé de quelques mètres et se réinstallèrent dès notre départ. Les filles et petites-filles de Ông Ca se prosternaient sur des nattes à même le sol en psalmodiant des prières bouddhistes. On déposa le cercueil dans le corbillard, les personnes les plus âgées s'assirent près de lui. Tous suivirent alors la voiture, enfourchant mobylettes, vélos ou cyclos. La honda de Ky Lam ayant refusé de démarrer ce jour-là, nous avions donc été obligés de prendre trois cyclos. La voiture roulait à environ 30 kilomètres à l'heure, beaucoup trop vite pour nos pauvres cyclo-pousses, je vis s'éloigner la mobylette portant le vieux bonze. Ce n'est qu'après une demi-heure de course folle dans les rues de Saigon, avec nos couronnes funéraires dans les bras, que nous arrivâmes au cimetière qui se trouve dans le district éloigné de Phu Nhuân. La famille était déjà arrivée depuis un moment, le cercueil avait été déposé sur des trépieds. Le vieux bonze récita une prière pendant environ quinze minutes puis jeta de l'eau et des fleurs de lotus sur le cercueil. Sur une grande natte étendue sur le sol, s'avancèrent les bonzes, le fils aîné puis le petit-fils pour se prosterner devant des portraits de Bouddha et de Ông Ca. Puis tout le monde vint à son tour se prosterner. Une trentaine de bottes d'encens furent allumées, une fumée opaque envahit tout le cimetière.

Pendant ces prières, les croque-morts descendirent le cercueil dans un trou d'environ 1 mètre 50 de profondeur. On entendit alors des sanglots de femmes et d'enfants, déferlement d'émotion qui tranchait avec la retenue permanente des familles vietnamiennes ; même le chef de famille ne tentait pas de dissimuler ses yeux rouges. Le vieux bonze récita à nouveau une prière en langue indienne puis fit signe au fils aîné de prendre la parole. Celui-ci, debout à la tête du cercueil, remercia les gens d'être venus puis parla du défunt, lui souhaita une vie meilleure dans l'au-delà et jeta une poignée de terre et quelques fleurs sur le cercueil ; tous l'imitèrent ensuite. Les croque-morts recouvrirent totalement le cercueil et plantèrent une planche de bois sur laquelle avait été inscrit le nom du défunt. Puis chacun partit de son côté. À notre retour, la ruelle avait retrouvé sa quiétude habituelle.

Trois jours plus tard, le chef de famille vint nous inviter à participer à l'installation de la pierre tombale. Nous sommes donc retournés dans la matinée au cimetière de Phu Nhuân ; le voyage fut moins épique, Ky Lam m'emmena sur sa mobylette, Nam Giao ne nous accompagna pas. La famille de Ông Ca n'a pas choisi une tombe standard mais a demandé à un maçon de construire le pourtour en pierre, le centre est rempli de sable et une stèle décorée de marbre est dressée avec un emplacement prévu pour y encastrer une photo du défunt. Plus une tombe est belle, plus elle marque la piété et la richesse de la famille, le choix des pierres et du marbre est donc très important. Il y eut beaucoup moins de monde venu pour inaugurer cette pierre tombale que pour dire adieu au vieux Ông Ca. À la sortie du cimetière, le chef de famille remit une somme d'argent à son gardien afin qu'il surveille la tombe face aux voleurs et pilleurs de tombes, certains n'hésitant pas à déterrer des cercueils pour ensuite les revendre. Surveiller un cimetière est parfois bien difficile car il arrive que les plus pauvres squattent ces lieux réservés aux morts.

Enfin, quarante-cinq jours après la mort du vieux Ông Ca, son fils aîné vint convier Ky Lam et sa famille à un banquet organisé dans sa maison. C'est alors que l'âme du défunt quitte la famille, elle est libérée et peut monter vers Bouddha ou bien être réincarnée dans une autre vie. Je n'étais pas présente mais Ky Lam me raconta que le chef de famille commença par rendre le culte des ancêtres puis offrit un repas copieux. Tous les gens présents à l'enterrement étaient alors réunis.

Les familles des défunts fêtent ensuite chaque année l'anniversaire de leur mort. En 1995, alors que je venais de rencontrer la famille Pham, Nam Giao m'avait invitée à l'accompagner à une fête organisée pour l'anniversaire de la mort du père de Minh, l'un de ses amis, comme lui mutilé d'une jambe et qui passe ses journées à essayer de vendre aux touristes des plans de Saigon et des livres en français ou en anglais d'occasion ou photocopiés, dans le bas de la rue Dông Khoi, devant le salon de thé Givral. Minh est bouddhiste et, quel que soit son niveau de richesse, une famille bouddhiste n'oserait jamais sacrifier le culte des ancêtres. Il organisa donc une petite cérémonie pour l'anniversaire de la mort de son père décédé en 1993 et y convia tous les membres de sa famille ainsi que quelques amis, compagnons de ses journées dans la rue, rassemblant ainsi plusieurs mutilés et même quelques gamins des rues.

Lorsque nous arrivons, vers 11 heures du matin, chez Minh, dans une masure en bois dans le district de Binh Thanh, la table est déjà couverte d'une nappe de plastique blanc, plusieurs plats y sont déposés contenant du poulet, du porc laqué et de la couenne de porc, du riz gluant et des choux-fleurs et carottes de Dalat. Tous les invités semblent arrivés, nous sommes une quinzaine de personnes. Minh commence la cérémonie en rendant le culte des ancêtres : il allume trois bâtons d'encens et se prosterne devant l'autel des ancêtres à trois reprises tout en récitant des prières. Il pique ensuite un bâton d'encens dans un petit pot en grès devant la statue de Bouddha éclairée par des ampoules et des bougies rouges, un autre devant la photo de son père et le dernier devant la porte de la maison. Il remercie Bouddha de maintenir la prospérité et la bonne santé de sa famille, il remercie son père de lui avoir donné vie et lui souhaite le bonheur dans l'autre monde, il demande enfin aux esprits errants de veiller sur son père et sur sa famille. La présence des âmes errantes, âmes n'ayant pas encore réellement atteint « l'autre monde », n'ayant pas encore atteint le nirvana, est permanente pour les bouddhistes. On leur demande leur aide et de veiller sur les vivants comme sur nos morts en contrepartie des offrandes.

Après que le culte des ancêtres a été respecté, on présente les plats à Bouddha, au père et aux autres esprits. On attend que l'encens s'éteigne ; pendant ce temps les esprits sont censés se nourrir. Ces plats sont ensuite servis aux hommes, d'autres restés dans la cuisine pour les femmes. Les hommes et les femmes sont assis séparément. Minh, le chef de famille, procède au découpage du poulet et au partage de la viande. La tête est pour le chef de famille car elle symbolise la première place. Les ailes sont pour les femmes, signifiant que celles-ci s'occupent des affaires courantes.

Une maîtrise totale de soi

Un ami vietnamien, Hùng, m'avait déjà expliqué, lors de mon premier voyage au Vietnam en 1993, l'importance de l'expression des traits du visage pour mettre en confiance son interlocuteur ; je séjournais alors à Danang, dans le centre du pays, avec une amie française où nous organisions quelques cours de français. Nous nous étions rendues chez un vieux monsieur parfaitement francophone, membre du cercle francophone de la ville. J'avais bien remarqué, tout au long de la conversation, que notre hôte ne tournait son regard que vers moi et jamais vers mon amie. Hùng m'expliqua plus tard que nos deux visages arboraient alors des expressions totalement différentes. Tandis que mes traits étaient détendus et souriants, mon amie fronçait les sourcils, cette mimique avait déstabilisé notre interlocuteur alors que mon attitude lui avait inspiré confiance. C'était là ma première rencontre avec la subtilité de l'état d'esprit vietnamien.

Kim Hoa me réexpliqua l'importance de ne pas exprimer, sur son visage, la colère, la moquerie ou tout autre sentiment pouvant être mal perçu. Mieux vaut demeurer les traits totalement impassibles que de faire montre d'une trop grande impétuosité. Il est difficile pour un Occidental de parvenir à une telle maîtrise de soi mais j'ai remarqué que ce n'est qu'ainsi que l'on peut avoir une véritable conversation et une véritable relation avec un ami vietnamien, y compris avec Ky Lam lui-même.

Un Occidental par nature bavard, franc et direct a souvent beaucoup de difficultés à comprendre cette façon de communiquer faite de non-dit et de retenue. Un Vietnamien est toujours extrêmement méfiant dans une conversation ; en permanence aux aguets, il anticipe dans son esprit les questions ou réponses de son interlocuteur. Il prévoit et calcule ce qui devrait se dire et se passer, ainsi que ce que lui-même devra dire ou faire. Il préfère se taire et attendre plutôt que de se fourvoyer dans des répliques ou actions irréfléchies. Toujours méfiant, le Vietnamien cache derrière ses propos et derrière son visage impassible d'autres pensées plus profondes parfois difficiles à déceler.

Ky Lam ne m'a pas dévoilé totalement les méandres de l'esprit vietnamien mais il a levé quelque peu le voile. Lors de mes précédents voyages au Vietnam et à travers les relations que j'entretiens avec plusieurs Vietnamiens et Vietnamiennes, j'avais déjà compris que le non-dit pouvait devenir une façon de communiquer et que les discussions à bâtons rompus pouvaient revêtir un deuxième sens. Lorsque j'ai fait la connaissance de Ky Lam, il se montrait gentil et prévenant envers moi mais nos relations demeuraient finalement très superficielles. Je sentais pourtant que c'était sans doute le membre de la famille Pham qui pourrait le mieux m'éclairer sur la culture vietnamienne, sur l'histoire et les traditions de la famille, mais il détournait généralement mes questions dès qu'elles devenaient un peu trop précises. Puis petit à petit, je compris que l'initiative de parler devait venir de lui, je laissais donc faire le temps. Il me parla tout d'abord de la pensée vietnamienne en général, m'expliquant comment je devais m'y prendre lors de discussions souvent à sens unique avec certains interlocuteurs. Il m'apprit ainsi beaucoup de choses que j'avais déjà pressenties mais que je ne parvenais pas encore à conceptualiser, à définir, à comprendre totalement. Il m'expliqua comment les Vietnamiens, par nature extrêmement méfiants, envisagent toute relation, même une simple discussion ; la clairvoyance, la prévision, l'anticipation et le silence sont leurs meilleures armes de défense.

Ky Lam, qui a été élevé dans une école française, devine mon étonnement devant un peuple entier qui semble toujours sur la défensive. Il justifie cette méfiance par l'histoire même du Vietnam. Le pays a quasiment toujours été sous domination étrangère, mille ans de présence chinoise ont modelé le pays, les Français, les Japonais puis les Américains se sont succédé et maintenant les Vietnamiens vivent depuis plus de vingt ans sous un régime autoritaire. Le pays a souvent vécu dans un climat de peur et de délation. Comment dès lors ne pas être naturellement méfiant ?

« Les Vietnamiens ont en permanence un jeu d'échecs dans la tête [23] ». Cette habitude d'analyser et de disséquer tout ce que peut penser ou dire la per-

---

23. J. Luguem, *le Vietnam*, Karthala, 1996, 333 p., p. 288.

sonne qui se trouve face à soi peut sans doute s'expliquer par l'histoire du pays, par ses souffrances mais elle correspond surtout au sens de l'honneur des Vietnamiens, cette volonté de ne jamais perdre la face et de ne jamais se montrer en position de faiblesse envers son interlocuteur ou son ennemi.

Cet art de dissimuler ses pensées les plus profondes derrière un visage impassible et plein de contenance est tempéré par un très grand orgueil et une grande fierté qui réapparaissent rapidement à la surface dès lors que l'on a compris le système de pensée vietnamien.

La fierté des Vietnamiens vise d'abord leur appartenance à la nation vietnamienne ; ils y sont extrêmement attachés et fondent sur elle tout leur orgueil. Ky Lam m'a rappelé que les Vietnamiens pouvaient effectivement être fiers d'eux-mêmes et de leur histoire, celui que l'on pourrait appeler un petit peuple par rapport au reste du monde n'est-il pas venu à bout d'une présence chinoise millénaire et de la puissance coloniale française ? Ky Lam m'expliqua le particularisme des Vietnamiens par rapport à d'autres peuples asiatiques, notamment leurs voisins, les Cambodgiens et les Laotiens. Il me définit les Khmers comme barbares et ingrats, les Laotiens comme indolents et paresseux, les minorités ethniques vivant sur les montagnes du Centre et du Nord du Vietnam comme des populations arriérées et non civilisées. Bouche bée devant de tels propos énoncés par un intellectuel, ancien officier et professeur, ayant lutté pour la démocratie et les libertés, je me hasardais à lui demander si beaucoup de Vietnamiens avaient de telles pensées. Il insista sur le fait qu'il n'était pas xénophobe mais qu'en effet selon lui, la majorité des Vietnamiens croyaient, sans toujours oser l'avouer à haute voix, à une hiérarchie fondée sur l'appartenance ethnique.

Ky Lam m'expliqua que la mentalité vietnamienne s'était forgée dans le même sens qu'une conception chinoise ancienne. Aucun livre ni document ne dresse une échelle d'appartenance ethnique mais Ky Lam et plusieurs de mes amis vietnamiens ainsi que mon observation personnelle de la société vietnamienne me permettent de penser que cette échelle est inscrite dans l'inconscient collectif du pays. Cette conception hiérarchisée distingue les « grands peuples » des autres.

Cette vision du monde est imprimée dans chaque Vietnamien avec plus ou moins de force, et même s'ils refusent de parler de supériorité ethnique, leur attachement à la communauté nationale demeure extrêmement fort. Même parmi les Vietnamiens vivant à l'étranger, ce lien est tel qu'une famille accepte encore souvent très mal le mariage de l'un de ses enfants avec une personne étrangère.

Confidences de Ky Lam

Tous ceux qui ont connu la terrible épreuve d'être internés dans un camp de rééducation et de travaux forcés après la chute de Saigon, le 30 avril 1975, éprouvent une grande difficulté à en parler. Cela correspond sans doute aussi à la volonté des Vietnamiens qui ont connu tant de guerres et de tragédies, de se tourner vers l'avant pour se construire un avenir meilleur plutôt que de regarder vers le passé. Je savais par Kim Hoa puis par Phuoc Sang que Ky Lam avait passé de douloureuses années dans un camp mais je ne me serais pas permis de lui en parler sans son autorisation. Là encore, c'est lui qui commença à me raconter quelques épisodes de cette époque.

Ky Lam m'expliqua que dès l'occupation de Saigon par les forces du Nord en 1975, le nouveau gouvernement communiste et le comité militaire « invitèrent » les officiers et fonctionnaires de l'ancien régime à se présenter aux autorités afin d'être rééduqués en « bon citoyen ». Un internement de quinze jours était prévu pour cette formation à la doctrine marxiste-léniniste. À la suite de la dispute avec son oncle Hiêu, Ky Lam fut rapidement interné dans un camp dans la province de Dông Nai puis déplacé dans

125

un autre camp dans la province de Sông Bé près de la frontière du Cambodge.

La tolérance annoncée par les autorités communistes fut bien un leurre et fit place à un véritable lavage de cerveau et aux pires humiliations. Les anciens officiers du Sud furent maltraités et insultés sans cesse. Ky Lam appartenait à un groupe de 230 personnes, deux furent rapidement isolées dans une cellule pour avoir tenté de résister. Comme tous ses compagnons d'infortune, Ky Lam avait emmené avec lui quelques vêtements et réserves de nourriture pour les quinze jours à venir. Mais une fois les deux semaines écoulées et les réserves épuisées, aucun ne fut libéré. Ky Lam vit mourir un cardiaque et un diabétique privés de médicaments.

Au bout d'un mois, tout le groupe fut transféré dans le camp Z30D dans le Centre du pays, dans la province de Binh Thuân. Trois mois plus tard, il fut à nouveau envoyé dans un autre camp, celui de Ba Sao dans la province de Hà Nam Ninh dans le Nord.

Chaque matin les prisonniers se levaient très tôt pour aller travailler dans les champs, encadrés de policiers toujours prêts à tirer à la moindre alerte. Ky Lam me raconta que l'un de ses camarades, gravement affaibli par une crise de diarrhée, n'avait eu le temps de prévenir l'un des gardiens avant de courir s'accroupir derrière un buisson pour se soulager, un premier coup fut tiré en l'air puis le pauvre homme fut abattu.

Après avoir avalé vers midi un bol de bobo, grains de blé grossiers importés des pays d'Europe de l'Est, les hommes continuaient leur difficile journée de travail. Le retour au camp se concluait par deux heures d'endoctrinement. Assis par terre dans la cour de 18 à 20 heures, les prisonniers étaient insultés et humiliés par leurs geôliers. L'endoctrinement fut extrêmement virulent les premières années puis devint plus « routinier ». Les années passant, certains prisonniers ont même réussi à corrompre certains de leurs gardiens afin d'obtenir plus de visites familiales ou autres facilités.

Ky Lam me rapporta ces événements sans aucun trouble ni même émotion apparente, comme s'il me parlait d'une tierce personne. À mes questions il répondit que ce passé ne le tourmentait plus, que ce passé était enfoui au fond de lui-même mais en reconnaissant toutefois que son caractère s'en est peut-être trouvé modifié. Cette hargne à survivre qui l'avait animé durant ces neuf années l'avait sans doute rendu plus dur et plus froid face à certaines situations. Il est conscient que sa femme et ses enfants, heureux de retrouver leur père après presque dix ans d'absence, avaient peut-être été troublés par son apparente insensibilité et indifférence. Il reprocha au départ à sa femme d'avoir été trop tolérante avec eux, la musique moderne avait envahi sa maison et ses enfants traînaient trop tard le soir. Phuoc Sang qui, assise en retrait, écoutait les récits de son mari ajouta que la venue de Hoài An, en 1986, avait adouci son mari tout en ressoudant le noyau familial.

Visite de la famille américaine

En ce mois de mai 1997, toute la famille de Ky Lam était en pleine effervescence. Phuoc Sang et Kim Anh comptaient les jours qui les séparaient du 21 mai, moment où elles iraient accueillir Kim Phúc à l'aéroport... Kim Phúc était déjà rentrée une première fois en 1992 mais n'avait pu revenir depuis ces cinq années. Elle devait arriver, cette fois-ci, accompagnée de sa tante Kim Long et de l'une de ses cousines, Bich Loan. Le retour au pays de parents installés à l'étranger est toujours un moment important pour une famille vietnamienne, et constitue un grand bonheur après une séparation souvent longue et difficile.

Le jour de leur arrivée, Ky Lam avait loué un minibus afin que toute la famille puisse aller les accueillir. Les retrouvailles furent émouvantes. La fille de Phuoc Sang et Ky Lam, qui se fait appeler Deborah aux États-Unis, redevenait Kim Phúc. Avec sa coupe de cheveux courts teints couleur auburn, sa façon de parler, sa démarche, elle n'aurait pas pu passer pour une Saigonnaise mais retrouvait toutefois avec aisance sa place dans sa maison natale.

Après l'effusion des retrouvailles, la maisonnée vivait, pendant quelques semaines, en fonction de la présence de Kim Phúc, tous l'interrogeaient sur sa vie aux États-Unis, chacun voulait l'accompagner dans les rues de Saigon. Voisins, amis, cousins, oncles et tantes défilaient à la maison afin de voir la petite Kim Phúc absente depuis de trop longues années.

Kim Phúc rayonnait et s'enthousiasmait de tout, retrouvant avec un bonheur évident tous les sens de son enfance. Dès qu'elle sentait le moindre fumet poindre de la cuisine, elle accourait et s'émerveillait devant les plats préparés par Hai et sa mère. Aux repas, elle dévorait littéralement tout ce qui se présentait à elle, assurant que jamais on ne pourrait se régaler autant aux États-Unis, ni surtout y retrouver ces saveurs si particulières à la cuisine vietnamienne.

Lors de ses promenades en honda dans la ville de Saigon avec Kim Anh ou Hoài Nhân, elle ne cessait de s'étonner, de s'émerveiller, de poser une multitude de questions, ne parvenant pas à reconnaître les lieux de son enfance, ni même parfois ceux qu'elle avait revus en 1992 tant la ville avait déjà changé. Elle m'avoua n'avoir finalement reconnu véritablement que la ruelle 148 qui, malgré de nouvelles constructions, avait gardé sa configuration générale mais le reste de la ville ne correspondait plus du tout à ses souvenirs. Elle ne se lassait jamais de ces interminables allées et venues dans les grandes avenues de Saigon ; elle exultait lorsqu'elle dégustait ces multiples fruits au goût si savoureux et buvait un jus de coco en demandant à la vendeuse de lui fendre la coquille afin d'en sucer la chair encore toute fraîche. Ses frères et sœur essayaient de l'entraîner dans discothèques et bars à la mode mais elle préférait rester

assise sur ces petits tabourets en bois à même le trottoir, dégustant une soupe ou grignotant *bành cuôn* ou
bành xèo, et observer ce pays qu'elle disait ne plus
reconnaître mais qu'elle semblait tant aimer.

Kim Phúc passait de temps en temps à la pharmacie de sa mère. Phuoc Sang présentait alors fièrement
sa fille à chacun de ses clients. Si l'aînée se trouvait
dans la maison à l'heure des cours particuliers donnés
par Ky Lam, son père s'empressait de la faire participer ; amusée, Kim Phúc interrogeait alors les écoliers
qui lui répondaient dans un anglais hésitant.

Ky Lam aurait souhaité recevoir toute la famille
dans sa demeure mais Kim Long jugeant la maison
trop petite, préféra loger avec sa fille chez des amis
vivant dans le premier district. Seule Kim Phúc habitait donc chez ses parents.

Kim Long et sa fille venaient presque chaque jour
rendre visite à la famille. La sœur aînée de Ky Lam et
Nam Giao était devenue une femme extrêmement
élégante, très maquillée et portant de nombreux
bijoux en or massif. Kim Long était arrivée avec une
grosse somme d'argent pour la famille, Ky Lam lui en
était très reconnaissant.

Lors des dîners familiaux, Kim Long évoquait sa
vie aux États-Unis et surtout elle s'émerveillait sur la
nouvelle vie qu'elle redécouvrait à Saigon, sur la maison de ses amis qui la recevaient. Elle décrivit à ses
frères, avec force détails, le confort et le luxe de ses
hôtes. Ses amis s'étaient beaucoup enrichis grâce au
commerce, ils possédaient aujourd'hui une fortune
considérable pour une famille vietnamienne moyenne.
D'après les descriptions enthousiastes de Kim Long et

Bich Loan, leur maison s'élevait sur six étages, les pièces étaient luxueuses, chacune des nombreuses chambres, pour la plupart inoccupées, était climatisée et dotée de sa propre salle de bain.

À chacune de ces conversations, Ky Lam et Phuoc Sang acquiesçaient poliment mais Nam Giao grommelait de manière inaudible puis en général quittait discrètement la maison pour rejoindre « sa ruelle ». Un soir, alors que Kim Long racontait qu'elle avait déjeuné dans un merveilleux restaurant, « tellement beau que l'on aurait pu s'imaginer à Los Angeles ou New York », Nam Giao fit remarquer à sa sœur qu'elle devait trouver la table familiale bien peu attirante, vu son attachement aux endroits riches et luxueux. Kim Long sembla surprise de la remarque. Nam Giao poursuivit, lui expliquant sa tristesse de voir sa sœur regarder le Vietnam de façon aussi partiale et partielle. « Tes beaux restaurants, tes multiples chambres climatisées, tes voitures de luxe… Est-ce que c'est ça l'image du Vietnam que tu veux garder en rentrant aux États-Unis ? Est-ce que c'est comme ça que tu veux présenter ton pays à tes enfants, à tes amis américains ? Mais ce n'est pas ça le Vietnam ! Regarde donc autour de toi, ces gens qui travaillent toute la journée pour survivre, qui se battent pour nourrir leurs enfants. Regarde ces anciens militaires, compagnons de ton mari, s'amuser à faire le cyclo-pousse ou à vendre quelques paquets de cigarettes sur un bout de trottoir. Tous ces nouveaux riches que tu admires tant ne font rien pour notre pays, ils méprisent leurs compatriotes et gardent leur argent pour eux ! Tu ne comprends donc pas qu'en vous comportant ainsi, vous aggravez les divisions du Vietnam, et en plus tu crées la haine et la jalousie envers les viet-kieu [24]! »

Ky Lam lui ordonna de se taire mais Kim Long, visiblement irritée, répondit qu'elle ne faisait que dépenser l'argent qu'elle avait gagné aux États-Unis pour lequel elle et son mari avaient travaillé dur, et ajouta qu'elle pensait que la famille devait être fière de sa réussite. Le repas s'acheva dans le silence et Nam Giao quitta rapidement la table. Ky Lam expliqua alors à sa sœur qu'ils étaient bien sûr très fiers de sa réussite mais que l'emportement de leur frère pouvait s'expliquer par la difficulté de la vie quotidienne au Vietnam et la disproportion qui s'établit entre des Vietnamiens nouvellement enrichis et ceux que côtoie Nam Giao.

Cette discussion animée ne révèle pas seulement quelques dissensions strictement familiales mais traduit un véritable malaise de société. L'ouverture du Vietnam aux investissements étrangers depuis 1986 a permis peu à peu l'émergence d'une nouvelle classe sociale plus riche que la majorité de la population, enrichie grâce au commerce et à la corruption. Le fossé entre cette frange favorisée de la population et une classe de plus en plus pauvre s'accroît de jour en jour, jusqu'à la coexistence de deux mondes complètement fermés et hermétiques. Ces nouveaux riches se lancent dans une sorte de course folle à l'argent, dans une surenchère du luxe ; les signes extérieurs de richesse prennent alors une importance considérable, se multiplient à l'excès, leur exhibition devient vite

---

24. Viet-Kieu : Vietnamien vivant à l'étranger.

indécente. Quelques images troublantes, clichés des sociétés divisées mais pourtant bien réelles, me viennent à l'esprit, des enfants ou vieillards en haillons tentant désespérément de vendre quelques cigarettes ou chewing-gums pour pouvoir dîner le soir et ces jeunes dandys dévalant fièrement les avenues de Saigon sur leur magnifique moto tout en téléphonant avec leur portable.

De même, la jalousie envers les viet-kieu, ces Vietnamiens de l'étranger, dont parlait Nam Giao, résulte directement du comportement de certains d'entre eux lorsqu'ils rentrent au pays. En effet, si beaucoup restent humbles, de nombreux autres adoptent une attitude singulière à l'égard du Vietnam et des Vietnamiens ; souhaitant avant tout prouver leur réussite à l'étranger, ils vont arborer, de même que les nouveaux riches de Saigon, des signes extérieurs de richesse tout à fait superficiels et souvent indécents.

Inquiétudes de Ky Lam

Ky Lam a combattu pour l'ancien régime, il a donc un regard très critique sur le régime actuel et la politique de l'État. Il s'interroge sur l'évolution de son pays, de sa ville et de son peuple.

Il s'inquiète tout d'abord du manque de conscience politique de la jeune génération mais aussi de cette rage dévastatrice de gagner et de s'enrichir, au besoin par la corruption, qui semble envahir tout Saigon.

Ky Lam se souvient de sa jeunesse à l'université de Huê, les étudiants étaient actifs et passionnés, ils se réunissaient en groupes de réflexion politique, culturelle ou autre, discussions et débats étaient toujours à l'ordre du jour. Ils refaisaient le monde, ils envisageaient l'avenir de leur pays, le Sud-Vietnam, voulant mettre en défaite l'invasion des nordistes. Il ne peut aujourd'hui que déplorer le comportement de la jeunesse actuelle qui, lancée dans une frénésie démesurée de paraître et de consommation, semble avoir oublié que son pays devait être soutenu et que l'avenir devait être pensé. Ky Lam s'emporte et m'explique qu'il ne croit pas que la principale responsabilité incombe à l'Occident qui envoie ses produits de luxe sur le marché vietnamien mais plutôt aux politiques qui, en bâillonnant la voix du peuple, ont étouffé la conscience politique de la jeune génération vietnamienne.

Ky Lam discute parfois de politique avec Hoài Nhân mais se rend bien compte que son fils n'en parle sans doute presque jamais avec ses amis. Il se dit bien évidemment conscient que tout mouvement étudiant de réflexion ouvertement antigouvernementale serait inconscient et dangereux mais il souhaiterait seulement qu'une réflexion se profile parmi la génération de ses enfants.

L'ambition noble de tout Vietnamien de vouloir réussir apparaît légitime et honorable à Ky Lam mais la transformation de celle-ci en une course enragée, corrompue et impitoyable vers l'argent détourne et dégrade la fierté des Vietnamiens. Que la sensible ouverture, ces dernières années, du Vietnam ait entraîné une volonté de moderniser et développer Saigon, Ky Lam ne le regrette pas et même s'en félicite. Il me rappelle qu'avant 1975, le Sud-Vietnam était plus développé que la Thaïlande et donc que le retard à rattraper est considérable. La construction de grands centres commerciaux, le projet d'un métro aérien, le développement la presqu'île de Thu Thiem sont jugés positifs par Ky Lam et cette modernité nouvelle ne signifie pas un abandon des valeurs traditionnelles.

Mais en revanche, il s'inquiète de l'état d'esprit actuel des Vietnamiens. Vouloir courir uniquement après l'argent et l'enrichissement facile mènera à terme à la perte et à la dégénérescence de la société et de son honneur. Le principal fléau touchant le Vietnam d'aujourd'hui est assurément la corruption. Insidieuse, elle s'infiltre partout, dans tous les milieux. Du plus petit fonctionnaire à l'homme d'affaires en passant même par les religieux, la corruption anime de plus en plus de personnes. On corrompt le policier du quartier pour qu'il se taise sur certains faits, on corrompt l'autorité concernée pour qu'elle consente une autorisation ou délivre un document dans de brefs délais... Les cas de corruption de fonctionnaires sont innombrables, même le gouvernement vietnamien commence à s'en émouvoir. Mais précisément, « le fonctionnement de la corruption repose sur la faiblesse du pouvoir central et son incapacité à faire exécuter ses décisions par les organes locaux. La gigantesque bureaucratie mise en place depuis 1975 s'est muée en une nébuleuse de dilution des responsabilités [25]. »

Parallèlement, Ky Lam m'explique que paradoxalement le système communiste a développé l'esprit d'indépendance et d'autonomie des Vietnamiens. En effet, beaucoup se sont retrouvés dans la rue en 1975 et se sont lancés, par instinct de survie, dans le commerce.

Le Vietnam a toujours été aux confins de multiples influences culturelles mais il a su préserver sa propre culture et la spécificité de celle-ci. Aux inquiétudes de certains touristes occidentaux sur une occidentalisation de sa ville, Ky Lam oppose une certaine sérénité. Il ne voit pas là un danger irrémédiable, les Saigonnais ont

---

25. D. Lauras, *Saigon, le chantier des utopies*, Autrement, coll. « Mondes », 1997, 245 p., p. 191-192.

longtemps été baignés dans la culture occidentale, française tout d'abord puis américaine, sans toutefois y perdre leur âme. La levée de l'embargo américain en 1993 a, considère-t-il, constitué un événement important et n'a pas ouvert la porte à toutes les dépravations comme certains le prétendent.

Il ne pense pas que la frénésie de cette ère nouvelle, l'ère de la consommation, corrompe Saigon au point de détruire les fondements confucéens et valeurs intrinsèques à la société vietnamienne. Il est convaincu que produits et loisirs occidentaux ne peuvent atomiser complètement la cellule essentielle de la société vietnamienne qu'est la famille. Le classement de la famille par générations perdure et le sentiment de devoir filial est toujours extrêmement vivace.

À l'inverse de Ky Lam, les autorités vietnamiennes se montrent très inquiètes face à la « pollution » par les valeurs occidentales. Elles ont interdit en février 1996 toute enseigne inscrite en langue étrangère dans la rue ou à la devanture d'une boutique. Cette mesure est difficilement appliquée à Saigon.

Pour Ky Lam, comme pour beaucoup de Vietnamiens, le danger vient d'un voisin beaucoup plus proche géographiquement, la Chine. Si la culture occidentale lui semble suffisamment éloignée des valeurs de la société vietnamienne pour ne pouvoir les anéantir ou même les altérer, la culture chinoise lui paraît beaucoup plus inquiétante et dangereuse car plus proche. Toute l'histoire du Vietnam s'est construite face à la Chine, le Vietnam a toujours cherché à s'affirmer par rapport à son géant voisin. Fermé depuis 1975, le pays a commencé à s'ouvrir aux investisseurs étrangers à partir de 1986. Seuls les hommes d'affaires chinois et d'Asie du Sud-Est sont alors arrivés ; les Chinois qui avaient quitté Saigon en 1979, à la suite de l'invasion chinoise du Nord du Vietnam, sont rentrés et la présence chinoise est devenue tellement importante et active que certains Vietnamiens, tels que Ky Lam, redoutent aujourd'hui la dilution à terme de certaines valeurs vietnamiennes.

La communauté chinoise est très fermée, elle continue à parler sa seule langue, elle souhaite en général garder sa nationalité et parvient souvent à acheter la classe politique vietnamienne grâce à la corruption. Ky Lam est indigné de voir des fonctionnaires « courber le dos » devant certains car ils sont Chinois et plus riches. La communauté est fermée mais les créations chinoises sont nombreuses sur le marché vietnamien. Outre leurs activités commerciales dont ils sont les maîtres, Ky Lam constate également une présence culturelle réelle des Chinois : la mode vestimentaire, le cinéma, la musique… Le dernier film chinois est souvent au centre des discussions entre jeunes Saigonnais. On ne compte plus les maisons exposant fièrement des images de Hong-Kong ou bien des portraits d'artistes chinois. Les jeunes étudient de plus en plus la langue chinoise au lycée et à l'université. Ky Lam reconnaît la richesse de la culture chinoise mais craint qu'à long terme elle ne parvienne à faire main basse sur la culture vietnamienne et à la siniser.

La société vietnamienne est en mutation et l'individualisme y occupe une place de plus en plus importante. Il nous semble que la cellule familiale vive actuellement une période trouble. Respect des ancêtres et piété filiale demeurent assurément des valeurs cardinales de la société vietnamienne mais les enfants organisent de plus en plus leur vie et leur foyer en dehors de la maison familiale, il suffit de penser à Kim Anh et Duc.

La structure même de la société vietnamienne connaît également des bouleversements. Les lettrés relégués au bas de l'échelle sociale par les communistes seront toujours devancés à l'avenir par ceux qui parviennent à s'enrichir grâce aux affaires et au commerce.

Nous refusons de tomber dans l'écueil classique qui consiste, sans doute par souci d'authenticité, à refuser et dénoncer systématiquement toute modernité d'une société… La société vietnamienne, bâillonnée, bafouée, se laisse aller à espérer des lendemains meilleurs ; se délectant dans une modernité envahissante, elle veut bouger, changer, évoluer… Mais elle restera de toute façon elle-même. Les valeurs vietnamiennes les plus fondamentales ont survécu depuis des siècles aux influences extérieures, elles résisteront aux nouveaux bouleversements de l'Histoire.

Table des matières

Achevé d'imprimer en janvier 1999
sur les presses de l'imprimerie Dumas
103, rue Paul-de-Vivie
42000 Saint-Étienne
pour le compte des éditions de l'Aube,
Le Moulin du Château, F-84240 La Tour d'Aigues

Conception graphique : Philippe Lesgourgues

Numéro d'édition : 431

Dépôt légal : 1er trimestre 1999

Imprimeur n° 34959

Imprimé en France